KB275183

여행이 끝나자
삶이 시작되었다

여행이 끝나자 삶이 시작되었다

연하어 지음

낯선 땅에서
살아가는 삶에 관해

크럭

04

다시 봄, 그럼에도 용기있게

이   여름, 낯설어도 따뜻하게

풍차를 지나는 마음

풍차로 유명한 네덜란드의 한 관광지 마을에 가면
물줄기를 따라 양 옆으로 풍차들이 들어서 있는 모습을 볼 수 있다.
동화책에서나 보았던 풍차가 모여있는 모습을 직접 볼 수 있다는
설렘을 충족할 만큼 아름다운 풍경이다. 노을 진 하늘을 배경으로 줄
지어 서 있는 풍차들의 모습은 웅장하면서도 정겹고, 고귀하면서도
아늑하다. 아침 풍경은 사람 마음을 더 은은하게 만든다. 물안개가
펼쳐진 물가 옆에 아스라한 풍경처럼 날개를 펴고 우뚝 솟아있는
풍차는 마음속 감탄을 자연스레 흡수하는 힘을 지닌다.

한참을 넋 놓고 보게 하는 그런 멋진 풍경을 언제든 볼 수 있도록 그
한적한 마을에 살면 좋겠지만, 내 가족처럼 삶의 터전을 도시에 둔
사람들은 그런 생활을 꿈꿔보기 쉽지 않다.

풍차가 군락을 이룬 듯한 그 관광지 마을 같은 풍경은 아니지만,
네덜란드 곳곳에서는 그에 견주어도 손색이 없는 크기와 모양을

지닌 풍차를 종종 마주칠 수 있다. 대개의 경우 그런 풍차는 도시 중심지에서 한참 벗어난 외곽의 넓은 들판에 홀로 서 있는 경우가 많다. 크기가 크고 보존 상태가 양호한 풍차가 있는 곳은 그 풍차를 중심으로 관광객들을 위한 카페테리아나 상점들이 들어선 곳들도 있다. 물론 도시 내부의 거주지역에 자리를 지키고 있는 오래된 풍차들도 간혹 있다. 이런 곳은 원래 그 자리에 있던 풍차를 중심으로 도시의 새로운 발전 계획에 의해 자연스럽게 동네가 발전하고 도시가 형성된 경우일 것이다.

운이 좋게도 나는 그런 도시 중심지에 위치한 풍차 근처에 집을 얻어 살았던 적이 있다. 그 집 현관을 나가 왼편으로 고개를 돌리면 몇몇 집들 위로 삐죽하게 솟아난 풍차 날개의 끝부분이 보였다. 듬성듬성 자리한 집들과 그 사이의 골목길들을 가늠해 보면 내가 살던 집에서 그 풍차까지의 거리는 몇십 미터 정도였다. 내 집에서 풍차까지 가는 길에는 조금씩 경사가 더해지는 오르막길이 있었고, 집 앞에서 풍차까지는 곧게 뻗은 가로수가 웅장한 녹음과 푸근한 단풍을 시절에 따라 베풀어 주는 길이 있었다. 그 풍차의 날개는 보통은 멈춰 있었다. 하지만 간혹 날씨가 화창한 국경일이나 지역의 특별한 휴일이면 빙글빙글 천천히 돌아가며 이웃집들 지붕 위로 풍차 날개가 사라졌다가 나타나기를 반복했다. 1800년대에 만들어진 풍차는 그렇게 천천히 날개를 돌리며 동화 속 풍경으로 한 번씩 나를

이끌어 주고는 했다.

내 집에서 그 풍차까지 가려면 집 앞 길게 뻗어 있는 자전거길을 따라가다 짧게 놓인 구름다리를 지나야 했다. 사실 이건 빨간 머리 앤과 다이애나가 만나던 개울가에 놓인 구름다리는 아니다. 대신 내가 지나는 구름다리 밑은 자동차가 흐른다. 구름다리로 이어지는 길은 꽤 가파른 오르막길이기에, 자전거의 페달을 밟을 때 좀 더 긴장해 힘을 주어야 한다. 맞바람이라도 불어올 때는 숨이 차올라 헉헉 대기도 하지만, 다리의 정상을 지나 내리막길로 접어들 때 느끼는 그 상쾌한 기분은 정말이지 꿈만 같다.

꿈만 같다고 말할 수 있는 데는 여러 이유가 있다. 힘 안 들이고 쉽게 내려가는 내리막길은 고된 시간 끝에 짧게 맛볼 수 있는 달콤한 휴식이 되어 준다. 그래, 우리 인생에는 이런 순간도 있었어. 그러니 조금 힘들어도 힘내서 나아가야 돼…. 같은 감상에 젖어 들며 긍정 에너지를 얻게 되기도 한다. 그런 감정에 조금 몽롱해진 기분으로 내리막길을 거의 벗어나다 보면 꿈만 같다고 느끼게 되는 또 다른 이유가 곧 나타난다. 눈앞에 펼쳐지는 그림 같은 풍경이 바로 그 이유다.

다리의 정상에서 짧은 내리막길을 내려가면 왼편에는 하얀 몸체가 눈부시게 빛나는 풍차가 위풍당당하게 그 자태를 뽐내고 있고, 정면에는 둥근 타원형 잔디밭이 넓게 펼쳐져 있으며, 그 잔디밭의

가장자리를 따라 알록달록한 꽃들이 줄지어 심겨 있다. 풍차 근처의
집들은 모두 언덕 아래에 낮게 몸을 숙이고 있는 듯 키가 작다.
게다가 넓게 펼쳐진 푸른 하늘이 이 풍차의 배경이다. 몸체는 하얗고,
날개에는 파랑과 빨강이 조화롭게 배색되어 있다. 크고 위풍당당한
풍차의 위엄. 그 자태는 고아한 아름다움을 뽐낸다.

1800년대에 만들어졌으니 그 풍차를 지나는 시간 속 풍경은 이미
많은 변화를 겪어왔을 거였다. 최근 들어서 풍차 주변의 빈 공간을
개발하려는 계획이 활발히 논의되고 있다고도 한다. 그 풍차는
지역에서 손꼽히는 역사가 오래된 명소이며 지역이 자랑하는 문화
자산이다. 따라서 그 풍차 주변에는 풍차의 경관을 해치거나 풍차를
가릴 수 있는 높은 건축물을 지을 수 없도록 도시 계획에 규정해
둔 것으로 알려져 있다. 현재는 그 풍차 주변에 낡고 오래된 단독
주택들만 몇 채 자리하고 있고 대부분은 넓은 잔디밭으로 공간이
남아있는 상태다. 앞으로도 다른 도심지처럼 초고층 건물이 그
주변에 세워지지는 않겠지만, 지금처럼 드넓게 열린 공간에서 혼자
자태를 뽐내는 풍차의 모습을 몇 년 후에는 더 이상 볼 수 없을지도
모를 일이다.

주변 풍경이 변한다 해도 1800년대생 풍차는 그동안의 수많은
변화를 이겨내고 그 자리에 있어왔다. 그렇기에 오랜 세월 그
풍차를 보아온 사람들의 마음에는 앞으로도 늘 그곳에 그 자태

그대로 풍차가 있으리라는 믿음이 자연스럽게 담겨 있다. 그 모습을 보고 자란 누군가와, 지나치듯 보았지만 잊지 못하고 다시 돌아온 누군가를, 언제든 1800년대생 풍차가 위풍당당하게 반겨 주기를 소망한다. 풍차를 한 번 본 이들은 그 자태를 잊지 못하는 마음만큼 비슷한 소망을 지니고 있을 것이다. 그리고 그런 소망을 품고 있기에, 풍차를 지나는 이들은 풍차의 모습을 조금 더 눈에 깊이 담아보는 것이리라.

마지막 순간을 함께

"누가 오랫동안 아프셨나 봐요."

내가 물었다.

"할아버지가 오래 아프셨대요. 할머니가 그동안 곁에서 남편을
돌봐왔고요. 그러다 얼마 전 할아버지가 세상을 떠난 후, 할머니는 이
공간에 혼자 머물지 않기로 마음을 정하신 거죠."

집을 보러 함께 방문한 부동산 중개인이 답했다.

화사한 햇살이 정원을 따스하게 어루만지는 날이었다. 봄 동산을
연상시키듯 아기자기하게 꾸며진 정원은 원래 살던 집주인의 평소
성정을 여실히 보여주고 있었다. 병석에 누운 남편을 보살피는
마음처럼 정성스레 꽃을 심고 잔디를 가꾸어 갔을 할머니. 그 모습이

햇살 비치는 정원 곳곳에 어려 내 머리를 스쳤다. 할아버지는 본인이
머물던 자리를 떠나며 침실에 무거운 의료기기들을 남겼고, 할머니가
집을 떠나는 순간까지 물을 주고 가지를 정리하며 정성을 다해
가꾸다 남기고 갔을 꽃봉오리는 싱그러운 빛을 발하고 있었다.

　그런데 정원 모양이 좀 특이했다. 보통은 평평하게 땅을 다진 후
꽃과 나무를 심고 모양을 다듬어 정원을 가꾼다. 그런데 그 집 정원은
집 근처 돌바닥부터 시작해 멀리 떨어진 정원 담장까지 지형이 점점
높아지게 만들어져 있었다. 마치 굴곡진 언덕들 위에 꽃과 나무가
심어진 작은 동산 같은 모양처럼 말이다. 그 동네는 언덕이 있거나
지형이 점점 높아질 수 있는 곳이 아니었다. 정원 모양이 신기하게
느껴져서 부동산 중개인에게 다시 질문을 했다.

　"정원 모양이 좀 특이하네요. 정원 지형이 점점 높아지며 언덕 위에
식물들이 심겨 있는 모습이어서요. 원래 그랬을 거 같지는 않은데,
혹시 일부러 이렇게 정원 모양을 만든 건가요?"

　내 질문을 듣자마자 반가운 말을 들은 듯 부동산 중개인이 밝게
미소를 지으며 말을 이었다.

　"잘 보셨어요. 맞아요. 일부러 정원을 뒤로 갈수록 점점 지형이

높아지게 흙을 좀 더 쌓아서 만드셨대요. 그 이유가 궁금한 거죠?
침대에 오래 누워있는 할아버지를 위한 할머니의 배려였죠. 침대에
누워서도 뒤쪽에 있는 정원 풍경이 잘 보이도록 말이죠."

아, 그런 숨은 뜻이 있는 정원이었다니. 부동산 중개인의 설명을
듣고 나니 정원이 이전과는 전혀 다르게 보였다. 원래도 따스한
분위기를 가득 담고 있는 아름다운 정원이라고 생각했지만, 그
뒷이야기를 듣고 나니 푸근하고 애틋한 정이 가득 느껴지는 아주
특별한 정원에 내가 발을 디디고 서 있는 것처럼 느껴질 정도였다.
남편을 위해 정성스레 정원을 가꾸셨던 할머니는 어떤 심정으로
이 아름다운 정원을 남기고 집을 떠나려 하시는 걸까. 나로서는
쉽게 가늠도 되지 않는 그 심정이 그래도 조금은 이해가 되어 마음이
먹먹해졌다. 그렇게 애틋하게 두 분이 살아오셨던 집인데, 이제는
혼자 이 집을 떠나는 마음이 절대 쉽지만은 않을 듯했다. 정성을 다해
가꾼 정원에 싱그러운 꽃들이 만발한 시절임에도 불구하고 집을
하루빨리 처분하고 싶어 하는 그 마음이 참 아프다는 생각이 들었다.
네덜란드 옛 총리 부부가 함께 안락사를 선택해 세상을 놀라게 한
적이 있다. 소중한 사람과 함께할 마지막 순간을 두 사람이 함께 정한
것이다. 그 총리 부부의 이야기를 접했을 때 나는 할머니의 정원을
떠올렸다. 이미 사람이 살고 있지 않는 집인데, 그날 그 집 정원의

　　　　　　　　　　　　　마지막 순간을 함께

꽃들은 사람의 손길을 방금 받은 듯 싱그러웠다. 의아한 마음에 정원이 어떻게 이렇게 깨끗이 정리되고 있는지 부동산 중개인에게 묻지 않을 수 없었다.

"할머니가 매일 오세요. 정원에 물도 주고 관리하러."

내가 묻는 이유를 안다는 듯 미소와 함께 부동산 중개인이 답했다. 집을 떠난 그 마음과, 그럼에도 불구하고 정원을 관리하러 매일 오는 마음. 떠났지만 떠나지 못한 마음, 남겨둔 마음과 남겨진 마음. 결국 그 두 마음은 이어지는 듯하다. 좋은 시절을 함께한 두 사람이 마지막 순간을 함께 정할 수는 없어도, 이어진 마음이 남아 있으니 할머니의 정원은 그 따스한 빛을 잃지 않을 것이다.

이사의 묘미

이사는 미묘하다. 잊고 지내던 나를 다시 만나게도 되고, 담고 있던 것들을 뒤로한 채 새로운 나를 보게도 한다.

그 많은 이사를 하는 동안 아쉬운 마음을 머금고 책들을 많이 처리해 왔다. 그러는 와중에 늘 가지고 다니는 책들도 있다. 새로 불어난 책들 사이에서 다시금 처리해야 할 책들을 찾아내는 것도 쉽지 않은 일이다. 그렇게 책을 하나씩 확인하며 책 안에 혹시 꽂혀 있는 것이 있는지 살펴보던 중이었다. 주르륵 책장을 넘기는데 얇은 종이 한 장이 끼어 있었다. 내가 예전에 썼던 러브레터였다. 책상 위에 있던 공책 한 장을 찢어, 들고 있던 검은색 볼펜으로 글을 쓰고 그림을 그린 듯해 보였다.

책 사이에서 찾았다고 사진을 찍어 남편에게 보내주자 굉장히 즐거워했다. 나는 전혀 기억이 안 나는데, 내가 결혼 전에 줬던 것이라고 한다. 오글거리게 이런 문구를 내가 왜 적었지, 싶었고 이렇게 성의 없이 줄이 그어진 종이에 그림까지 그려서 줬다니, 너무한 거 아닌가 하는 생각이 들었다. 그때도 무던한 성격인 건 똑같았던 것 같고, 지금보다 어렸고 좀 더 재밌었던 것 같다.

옷의 반을 덜어내고, 책의 반을 덜어내고, 내 마음의 짐 반을 덜어낸다. 그렇게 덜어낸 후 아쉬운 마음에 다시 물건들을 집어 담으며 내 지난 시간에 대한 그리움과 집착을 추억이라는 이름으로 포장해 마음에 담아둔다.

버리는 즐거움이라는 게 있다. 채워져 있던 것을 비울 때 느끼는 쾌감과도 같다. 가득 차 있던 서랍장을 정리해 빈 곳을 바라보다 보면 시작과 끝의 감정을 동시에 느끼게 된다. 비워냄으로써 가벼워질 수 있고, 옮겨 담음으로써 새로운 시작을 모색해 볼 수 있다. 그런 과정 속에서 새로 다가올 순간에 대한 묘한 흥분도 느끼게 된다.

나를 비워내는데도 나를 다시 만나게 된다. 이사의 묘미다.

    이사의 묘미

변화를 대하는 자세

오십여 장의 단어 카드 중 내가 겪게 될 '변화'와 연관되었다고 생각하는 단어들을 선택해야 했다. 난 열두 장의 카드를 선택했고, 그 단어들을 선택한 이유를 설명했다. 내 설명을 듣고 있던 심리상담사님은 단어 카드 설명을 하면서 내가 '아이들'이라는 단어를 아홉 번이나 언급해 놀랐다고 말해왔다.

당시 우리 가족은 언어와 문화가 다른 나라로의 이사라는 나름 큰 변화에 적응해야 했다. 그래서 모두 함께 코칭 프로그램에 참여하며 온 가족이 휴일 하루 대부분의 시간을 그곳에서 보냈다. 언어와 문화가 바뀌는 변화에 익숙한 나로서는 우리가 처해있는 '변화'에 대해 그리 심각하게 생각해 본 적이 없었다. 코칭 프로그램에 참여하고 나서야 온 가족이 함께 앉아 속내를 나눠볼 수 있었고, 이 '변화'가 우리 가족에게 가져올 영향에 대해 깊이 있게 생각해 보게 되었다.

그 날 그 곳에는 우리 외에 다른 가족도 있었다. 그 가족은 이번에 아프리카의 국가로 가서 지내게 되어 변화에 대한 코칭 프로그램에 의무적으로 참여해야 했던 거였다. 우리와 마찬가지로 그 가족도 휴일을 반납한 상황이었다. 다른 영어권이나 유럽권 국가 대신 아프리카권의 국가로 가는 것을 아이들 스스로 선택했다는 말에 적잖이 놀랐다. 또 그 집 큰아이의 친구 또한 함께 그 나라에 가서 1년 교환학생 생활을 하기로 했다는 것도 놀라운 이야기였다. 그 엄마는 아이 친구의 부모가 거절할 것이라 생각했단다. 그런데 흔쾌히 승낙해서 본인도 매우 놀랐다고 솔직한 속내를 전해오기도 했다.

네덜란드 아이들이 외국으로 이주해 갈 때 제일 힘들어하는 것 가운데 하나가 '자유롭게 돌아다닐 자유'를 빼앗기는 거라고 한다. 네덜란드에서 아이들은 대부분 혼자 자전거를 타고 여기저기 자유롭게 돌아다닌다. 살고 있는 도시가 큰 경우가 거의 없고, 대부분의 목적지는 자전거로 혼자 오고 가는 게 더 편하고 쉽기 때문이다. 자전거를 타고 다니므로 대중교통을 이용하는 것이 그리 친숙한 일도 아니다. 그렇게 자유롭게 돌아다니던 영혼들이 외국에 나가면 자전거를 이용할 수 없게 되는 경우가 대부분이다. 대부분 안전하지 않거나, 자전거 도로나 자전거 시설이 잘 갖춰져 있지 않거나, 또는 반드시 학교 버스나 제공되는 차량을 이용해야 하기 때문인 경우가 많다.

　　　　　　　　　　　　　변화를 대하는 자세

내 아이들도 자신들의 '자유'를 빼앗기는 점에 대해 걱정이 컸다. 혼자 자전거를 타고 돌아다닐 수 없게 된다는 점이 꽤 큰 충격으로 느껴지는 듯했다. 이와는 조금 다른 이유로 그 빼앗기는 '자유'를 어떻게 지켜봐 줘야 할지에 대해 나도 걱정스러운 마음이 있었다. 그래서 열두 번 중 아홉 번 '아이들' 생각을 했을 것이다.

내가 선택한 단어들 중에는 '발달development' 및 '레크리에이션recreation'이 있었다. 두 단어를 선택한 내 마음처럼, 우리가 스스로를 긍정적으로 일깨우고 변화시켜 즐거운 생활을 이어가는 '변화'를 이뤄내기를 바란다. 또 다른 단어로는 '조정adjustment'과 '변화change'도 있었다. 틈이 보이면 그 틈에 맞춰 나를 움직여 갈 생각이고, 틈새가 보이면 내가 그 틈새를 메꿔가 조화를 이룰 수 있도록 도와갈 생각이다. 그렇게 변화할 준비가 되어 있어야 준비가 되어 있지 않은 틈 또한 돌봐줄 수 있을 듯하기 때문이다.

한 사람이면 충분하다

로마를 경유지로 선택한 이유는 중간에 남는 세 시간 동안 콜로세움에 다녀오기 위해서였다. 짧은 시간 동안 왕복으로 움직이려면 우버uber가 나을 듯해, 공항에서 출발하는 우버 택시 차량을 하나 배정받았다. 곧 차가 다가왔고, 차에서 내린 분은 은빛 머리의 할아버지 우버 기사셨다.

어색한 차 안 침묵을 뚫고 통화음이 이어졌고, 기사님은 통화 소음에 대해 양해를 구해오면서 짧은 영어로, '선 프로블럼son problem'이라고 우리에게 말을 건네왔다. 이 기회를 놓치지 않고 남편은 기사님에게, '빅 선 빅 프로블럼, 스몰 선 스몰 프로블럼big son big problem, small son small problem'이라고 말하며 농담을 건넸다. 이에 기사님은 화통하게 웃었고, 두 사람은 그렇게 선과 프로블럼 두 영어 단어로 싱거운 농담들을 이어갔다. 그런 농담 후 남편은 우리가 짧은 여행 중이라 이탈리아어를 못한다고 양해의 말을 건넸다. 이

말이 기사님의 마음을 열게 했는지, 갑자기 기사님은 휴대폰으로 이탈리아어─영어 번역기를 돌려가며 우리에게 말을 건네기 시작했다.

콜로세움에서 기다려 주기를 원하냐고 묻기에 그렇게 해 주시면 감사하겠다고 대답했다. 그렇게 기사님은 자청해서 우리의 왕복 여행 동반자가 되어 주겠다고 하셨다. 콜로세움에서 30여 분 정도 머무는 동안 주변에 차를 세우고 우리를 기다려 주셨다. 교통체증을 걱정한 내가 빠른 걸음으로 차가 있는 곳에 제일 먼저 도착하자, 차 밖에서 우리를 기다리며 서 있던 기사님이 보였다. 반가운 마음에 팔을 들어 손을 흔들자 그분도 내게 손을 흔들며 반갑게 맞아주셨다. 그 순간 부지불식간에 손을 흔들어 속으로 민망함을 느끼고 있던 내 마음에 훈풍이 불어 들어왔다. 내 뒤를 따라 걸어오던 아이가 길을 건널 때는 기사님이 아이에게 조심하라는 손짓과 표정을 지어주셨다. 우리가 콜로세움은 언제 봐도 멋있다고 칭찬하자 어깨를 으쓱이며 환하게 웃으셨다.

공항까지 가는 길에 번역기를 돌려가며 여행 가이드처럼 풍경 곳곳에 대한 역사 정보와 관련 에피소드를 열띤 목소리로 소개해 주셨다. 해박한 지식에 감탄하며 경청하자 해설은 점점 더 지식의 깊이가 더해졌고 열정이 묻어났다. 결국 궁금증을 참지 못한 우리는 기사님의 실제 직업을 여쭤봤다. 은퇴한 역사학자라고 해도 의심의 여지가 없었기 때문이다. 자신을 은퇴한 레스토랑 사업가라고 소개한 기사님은, 이런 지식은 순수한 자신의 역사와 문화에 대한 애정에 기반한 거라고 설명을 덧붙이셨다. 바티칸 옆 작은 도시에서 태어났고, 에트루스칸Etruscan의 후예라고 본인을 소개하며, 에트루스칸의 문화와 역사에 대한 자긍심을 당당히 드러내기도 하셨다.

올해 일흔 한살이 된 그는 소금, 설탕, 패스트푸드, 술, 담배를 절대 가까이하지 않는다고 했다. 패스트푸드점에는 절대 가면 안 된다는 조언도 잊지 않았다. 그 말에 패스트푸드를 종종 먹는 우리 가족은 왠지 모를 죄책감을 느낄 수밖에 없었다. 현재까지도 본인은 아무런 약을 복용하지 않는다며, 매일 토마토와 올리브 등 야채와 과일을 먹는다고 건강식에 대한 자신만의 철학도 설명해 주셨다. 본인 아버지는 13남매였고, 본인은 4남매, 그리고 자신은 두 아들이 있다며, 자식은 두 명이면 좋다고 하셨다. 그러면서 빅 선 빅 프로블럼이라는 말을 또 해오셨다. 대체 그 빅 선의 프로블럼이 무엇인지 이쯤에서 궁금해지기도 했지만, 시간도 부족하고 번역기를 돌려서 말하기엔 너무 심오한 얘기가 될 듯해 말을 삼켰다.

콜로세움에서 공항까지 짧다면 짧은 45분여의 이동 시간 동안, 우리는 할아버지의 여행 정보, 역사 교육, 삶을 대하는 태도, 가족, 그리고 건강에 대한 지혜의 샘을 나눠 마실 수 있었다.

한 사람이면 충분하다

난 사실 우버와 이탈리아 남자에게 선입견이 있었다. 그런데 이
짧은 콜로세움 방문길에 깨달았다. 그런 선입견으로 인생의 모든
경우를 일반화시킬 필요는 없다는 것을. 그게 뭐가 되었든 올바른 길
하나면, 잘못된 모든 길을 잊게 해 줄 수도 있다. 하나의 예시면 된다.
올바른 하나의 예시에 내 마음과 기억은 바뀌기도 한다.

한 사람이면 충분하다.

농부의 모습

프랑스 바르비종Barbizon 부근에서 6개월 정도를 지낸
적이 있었다. 내가 지내던 집에서 위쪽으로 몇 백 미터 정도 가다
보면 밀레의 유명한 그림〈만종 The Angelus〉의 배경이 되었던
들판이 나왔다. 들판의 대로변에 그 유명한 그림의 배경이 된
들판이라고 크게 안내 표지판이 놓여 있었다. 별다른 것 없는
곳이었지만, 그 들판을 지날 때마다 예술가의 감성을 나누는 듯해
혼자 설레고는 했다. 밀레 그림에 등장하는 농부들의 모습을 보며,
그 시절의 예술가가 저 농부들을 마주한 것이 그에게 좋은 인연이
되어주었으리라 생각했다.

바르비종에 머물 때 나도 한 농부를 알고 지냈었다. 그는 영어를
전혀 하지 못했고 나는 불어를 전혀 하지 못했으니, 우리는
기본적으로 대화가 통하지 않았다. 그런데도 산책길에 만나면 늘
반가웠고, 즐겁게 인사를 나눴으며, 따스한 소통을 했다. 그는

대낮인데도 와인이 스며들어 있는 불그스레한 얼굴을 하고 있었다.
해맑고 유쾌하게 웃으며 소박하게 지저귀는 새들처럼 뭔가를 열심히
말하고는 했다. 그의 말을 다 알아듣지 못했으나 나는 그가 말하려고
하는 의미를 이해할 수 있었다. 그 뜻은 세상 무해한 자연에 관한,
날씨에 대한, 안부에 관한, 그런 소박하고 정겨운 이야기들이었다.
그는 얼굴 표정을 굉장히 잘 사용할 줄 아는 사람이었고, 제스처가
풍부한 사람이었으므로, 그의 눈빛, 어투, 몸짓이 알아듣지 못할
그의 말을 알아듣게 해 주었다. 그는 열린 마음을 가진 사람이었기에
내 부족한 언어와 몸짓을 이해할 수 있었다. 지금 생각해 보면 그
농부는 화가의 그림에 나오는 농부를 닮은 듯도 하다. 그래서 혼자
엉뚱한 상상을 해본다. 프랑스의 작은 시골 마을, 한 화가가 그림을
그리던 농작지 근처 농가에서 태어난 아기. 그 아이가 자라 가족을
이루고, 농작지에 터를 잡아 살아가다 또 다른 아기가 태어나고,
시골 마을 농부 가족은 그렇게 들판에서 시간을 이어 삶을 일구었을
것이다. 그 농부의 아이의 아이는 삶을 살아내고, 작은 마을에서
유쾌하게 살아가며, 그러다 마을에서 말이 통하지 않는 외국인을
만나 눈빛과 몸짓으로 일상의 안부를 나눈다. 바르비종에서 보낸
시간은 내게 잊을 수 없는 추억들을 남겨주었다. 그곳의 자연과
사람들은 나에게 낯선 곳에서 따스한 친밀함을 느끼게 했다. 아침
햇살과 저녁노을이 스며들던 들판은 그리움이라는 이름으로 내

기억에 남았으며, 바람에 흔들리던 이름 모를 들꽃들은 글로 온전히 담아낼 수 없을 만큼 아름다웠다. 그리고 그곳에서 만난 농부는 내 기억 속에 유쾌한 정겨움으로 자리하고 있다. 그 농부와의 만남은 나에게 있어 특별한 경험이었다. 언어가 통하지 않았지만 그의 따뜻한 마음과 친절함은 어떤 말보다도 더 큰 의미로 다가왔다. 그의 눈빛과 미소, 그리고 소박한 인사는 낯선 곳에서 가끔 외로워지는 마음에 위로가 되어 주었다. 우리는 서로의 삶을 깊이 이해하지 못했지만, 그 순간만큼은 서로의 존재를 느끼며 소통할 수 있었다.

그 농부의 삶은 소박하고 간결했다. 그는 매일 농작지에서 땀을 흘리며 일상의 소중함을 이어갔고, 자연 속에서 평화로운 삶을 살았다. 그의 손은 노동의 가치를 증명하듯 투박했다. 그러나 그 손에서 태어나는 자연의 생명력은 위대했다. 그 농부의 모습을 보며 나는 꾸준한 삶의 의미를 생각해 볼 수 있었다. 그것은 담담히 이어지는 평범한 삶의 아름다움이었고, 소박하지만 진정성이 깃든 삶이었다.

그런 농부의 모습은 누군가의 기억 속에서 피어난 아름다운 그림이 될 수도, 잔잔한 추억을 담은 글귀가 될 수도 있다. 시골 마을에서 살아가는 한 농부의 모습은 잊히지 않는 잔상이 되어 어딘 가에 담고 싶을 만큼 아름답기 때문이다. 인생에서 인연으로 만난 농부의 모습은 그렇게 그림이 되고 글이 되기도 한다.

　　　　　　　　　　　　　　　　　농부의 모습

요리 실력은 상대 평가

객관적으로 봤을 때 나는 요리를 즐기거나 잘하는 편이
아니다. 가끔 먹고 싶은 음식이 생기면 레시피를 찾아서 만들어 보는
정도이고, 정성과 시간을 들여 재료를 손질하고 더 특별한 맛을 내기
위해 노력해 본 적이 별로 없다. 사실 대충대충이라는 말이 어울릴
정도로 재료도 대충 썰고, 소스도 대충 넣어서 한 그릇 음식을 만드는
게 대부분이다. 그러나 가족들은 네덜란드에서 지내는 동안 내가
해 주는 음식이 제일 맛있다며 요리를 잘한다고 칭찬해 주었다.
친구에게도 자랑하듯 말하고, 친구 가족에게도 그렇게 말을 전하며
기회가 있을 때마다 나의 요리 실력을 한껏 자랑스러워했다. 이런
일을 겪을 때마다 왠지 민망했다. 내가 가족들을 속이고 있다는
생각마저 들었다. 그럴 수밖에 없는 게 비교 대상이 네덜란드의
음식이기 때문이다. 아시아 음식에 사용되는 재료와 소스를 좀 더
다양하게 사용해서 비교적 다양한 맛을 내는 나의 요리가 가족들

눈에는 그럴듯해 보였을 것 같았다.

네덜란드 음식은 소스를 거의 사용하지 않는다. 요리에 쓰인 재료들이 무엇인지 분명히 느낄 수 있는 음식들이 많은 편이다. 담백하고 간단한 음식들이며, 일반적으로 원재료 그대로의 느낌이 느껴지게 간단히 요리해서 먹는다. 이런 음식들은 요리에 그리 많은 시간과 노력을 들이고 싶어 하지 않는 내 요리 방식과 잘 맞았고, 나도 그들의 방식을 따라 보통 요리를 할 때 최대한 간단히 한 그릇 음식을 만들어 먹고는 했다. 요리하기도 쉬울 뿐 아니라 음식 찌꺼기를 거의 남길 일이 없고, 양이 많아져서 다음에 또 먹어야 하는 경우를 피할 수 있기 때문이다. 이렇게 지내다 보니 음식이 남는 경우가 거의 없으며 반찬이라는 개념도 우리 집 냉장고에는 없다.

네덜란드에서 즐길 수 있는 외식 메뉴는 비교적 단조로운 면이 있다. 더구나 익숙하지 않은 음식에 대해 그리 관대한 분위기도 아니다. 물론 큰 도시의 중심가에는 트렌디한 레스토랑들이 많이 존재한다. 그러나 가족 중심의 거주지가 형성되어 있는 소도시나 도시 외곽의 레스토랑은 어느 도시, 어느 마을을 가든지 종류와 맛이 거의 비슷한 편이다. 생일이나 결혼기념일 같은 특별한 날이 아니면 일반적으로 가족 외식을 잘 하지 않아서 레스토랑에 대한 수요도 많지 않다. 금요일 저녁이면 동네에 있는 세계적 브랜드의 패스트푸드점 테이블이 꽉 차고는 했었다. 그런 광경을 마주하면

농담 식으로 네덜란드의 패밀리 레스토랑은 바로 이곳이라는 말을
덧붙이고는 했다. 일반적인 레스토랑에 가면 식사 외에 음료도
주문해야 한다. 네덜란드에서는 물이 공짜로 제공되지 않기
때문이다. 식사 내내 음료를 여러 번 추가해야 하기 때문에 일반
가정에는 전체 외식 비용이 부담스러울 수도 있는 부분이다.

이렇게 지내다 중국에 오니 음식점들이 각기 다른 방식과 재료로
수많은 종류의 음식을 팔고 있어 놀라웠다. 나는 새롭게 먹어보는
음식에 대한 거부감이 비교적 적다. 그래서 기회가 주어질 때마다
새로운 음식을 직접 맛보고 경험하는 즐거움을 누릴 수 있었다. 매운
음식을 잘 먹지 못했던 아이를 위해 달콤한 김치를 만든 적이 있다.
아이는 그 김치를 조금씩 먹기 시작하며 김치 맛에 익숙해졌다. 그
후로도 한 번씩 생각이 나면 김치를 찾고는 한다. 그러면 나는 배추를
한 통 사다가 최대한 간단히 나만의 방식으로 그리 맵지 않으면서
달콤한 김치를 만들어 주고는 했다. 달콤한 김치 덕에 매운맛에
조금은 익숙해졌는지, 중국에 와서도 매운맛에 대한 거부감 없이
다양한 음식에 도전해 볼 정도는 되었다. 그런데 이로 인해 뜻밖의
상황들이 생겼다. 아이들이 중국에 온 이후로 내 요리가 맛이 없다고
말하기 시작한 것이다. 밖에서 먹는 음식들이 훨씬 맛있다며 한동안
저녁 식사를 할 때마다 불만을 토로했다.

처음 이곳에 와서 유독 화력이 좋은 중국의 조리 시설에 적응하기도

 요리 실력은 상대 평가

쉽지 않았다. 현지에서 판매되는 소스 종류를 파악해서 구매하는 것도 어려웠고, 우리 입맛에 맞는 소스나 재료를 찾아내는 것도 쉽지 않았다. 소금 하나, 간장 하나만 바뀌어도 원래 요리하던 대로 맛을 내기가 쉽지 않은 법이다. 앞서 말했듯 나는 요리에 그렇게 익숙하고 관심이 많았던 사람이 아니었기 때문에 새로운 소스로 맛을 내는 법을 익히는 데 시간이 좀 더 필요했다. 더구나 중국 슈퍼마켓에서 파는 소스나 재료는 생소하기만 했고 처음 보는 물건도 많았다. 그 용도나 포함된 첨가물들을 일일이 읽어가며 확인하는 것도 만만치 않은 일이었다.

그렇게 불만족스러운 엄마의 집밥으로 차려진 저녁 식사 시간을 좀 보내고 났더니, 어느 순간부터 이제는 다시 집에서 먹는 저녁 식사가 자신들의 영혼을 채워주는 음식이라는 말을 하게 되었다. 엄마가 해 주는 음식이 맛있고, 저녁밥이 기다려진다는 말을 하기 시작한 것이다. 중국에 온 지 얼마 안 되었던 때에는 새로운 맛과 음식이 신선하게 느껴져 입맛을 자극했을지 모르겠다. 그러나 어느덧 그 새로운 맛에 익숙해지고 나니 원래 먹던 집밥의 맛이 자연스레 그리워진 듯했다.

네덜란드에서는 엄마 요리가 최고라고 했고, 중국에서는 형편없는 요리 실력 취급을 하더니, 이제는 엄마가 해주는 밥이 맛있다는 말을 다시 하기 시작한다. 이곳에 어느 정도 익숙해져 네덜란드가

그리워져 가고 있는 모양이다. 내가 요리하는 음식은 지극히
평범하고 그 종류도 제한적이다. 여전히 한 그릇 음식으로 저녁
식사를 준비하는 날이 잦다. 요리 실력이 달라졌을 리가 없는데
장소나 처해진 환경에 따라 그 맛을 평가하는 마음이 변덕쟁이다.
요리 실력도 상대적으로 평가가 되나 보다.

고무줄이 쌓여가면

　포장된 식품을 개봉하고 난 뒤에는 보통 고무줄을 이용해
비닐 포장을 묶어 보관한다. 클립이나 보관 용기보다 간단해서
언젠가부터 고무줄을 사용하게 됐다. 비닐 포장의 윗부분을 몇 번
접어서 고무줄로 단단히 묶어 놓아야 마음이 놓인다. 네덜란드에서는
문구류 코너에만 가면 형형색색의 고무줄을 쉽게 구할 수 있었다.
그걸 부엌 서랍에 한 상자씩 사다 놓고 사용했다. 이처럼 내가
고무줄을 이렇게나 아끼고 소중히 보관하는 것을 잘 아는 아이들은
어디서든 고무줄을 받으면 집에 가져와 부엌 서랍에 넣어두고는
했다.

　중국에 온 후로 문구류 코너를 계속 기웃거려 봤지만 내가 원하는
튼튼하고 알록달록한 고무줄을 상자에 담아 파는 걸 아직 찾지
못했다. 얇은 노란 고무줄이 가득 든 상자는 있으나 너무 얇아 조금만
잡아당기면 금세 끊어져 버릴 듯하다. 굵기도 중요하지만 사용할

때 기분을 살려줄 알록달록함 또한 중요하기에 조금 더 찾아보려고
여태껏 고무줄을 사지 않고 버티는 중이다.

이런 내 습관을 잘 알고, 아직 부엌 서랍에 고무줄 상자가 없는
걸 아는 가족들도 어딜 가나 알록달록한 고무줄이 있나 찾아보고는
한다. 그런데 하루는 아이가 학교에서 돌아와서는 살며시 웃으며 내게
뭔가를 내밀었다. 내민 손을 들여다보니 하얗고 조금 투명한 고무줄
몇 개가 놓여 있었다. "고무줄이네. 어디서 났어?"하고 물었더니
"학교에서 퀴즈에 답을 해서 선생님에게 선물로 받았어."라고
답했다. 고무줄을 선물로 준다니 특이하고 신기한 일이다. 고무줄이
생겨서 기분 좋은 나와 내가 좋아할 걸 알고 고무줄을 챙겨온 아이는
함께 웃었다. 그냥 흘려버릴 수도 있는 고무줄이 누군가에게는
선물이 되고, 누군가에게는 받아서 좋은 따스한 마음이 된다.

그 후로도 아이는 고무줄 몇 개를 내 손에 종종 쥐여주었다. 잘해
나갈지, 잘 되어갈지, 솔직히 내내 속으로 조마조마해하며 걱정하고
있었다. 부엌 서랍 속에 고무줄이 조금씩 늘어가서 다행이다. 혼자
잘해 나갈 거라 믿어주는 일밖에 내가 해 줄 수 있는 건 없다. 가끔
가져다주는 고무줄을 반가워하며.

antree

익숙한 음식의 위로

낯선 곳에서 나만의 자리를 찾는 일은 누구에게나 쉽지 않다. 그중에서도 낯선 공간을 나만의 익숙한 공간처럼 만드는 일은 더욱 그렇다. 이는 많은 사람이 변화를 겪으며 경험하는 가장 큰 어려움이다. 이때 공간에 적응하는 쉬운 방법 가운데 하나가 바로 '익숙한 물건을 낯선 공간에 놓아두는 것'이다. 그게 비록 사소한 물건일지라도 말이다. 그 물건들은 낯선 공간을 어느새 내가 오랫동안 지내온 공간처럼 느끼게 해 주는 마법을 부리기도 한다.

그럼에도 여전히 채워지지 않는 빈자리가 마음 한구석에 남아있다면 그다음은 '익숙한 맛'을 찾게 된다. 고향을 그리워할 때 먼저 떠오르는 것이 바로 고향의 음식이다. 외국에서 지내는 많은 이들이 고국의 음식을 취급하는 음식점이나 슈퍼마켓을 찾는 것도 바로 그런 이유 때문일 것이다. 익숙한 맛은 낯선 곳에서 나를 위로해 줄 수 있는 작은 선물과 같다. 마치 고향의 품처럼 내 마음을 감싸주는 맛. 그 맛 덕분에 우리는 이국의 공간 속에서도 편안함을 느낄 수 있다.

나라마다 인기 있는 먹거리가 다르고 그 속에는 서로 다른 문화와 정서가 담겨 있다. 쿠키 한 조각, 사탕 하나에도 각기 다른 방식의 위로와 기쁨이 스며 있기 마련이다. 가끔 어쩐지 오늘은 내가 이 도시의 외로운 영혼이라고 느껴지는 순간이 찾아올 때도 있다. 그럴 때는 한입 가득 베어 물면 마음을 따뜻하게 채워줄 것만 같은 음식을 떠올리게 된다. 내가 그리워하는 바로 그 맛이 마음을 달래주기 때문에 잠시라도 평온함을 느낄 수 있기 때문이다.

손으로 직접 빚은 만두로 끓인 만둣국, 시나몬 향이 가득 풍겨 나는 따뜻한 시나몬 브레드, 입 안에 고소한 향이 퍼지며 속을 따뜻하게 만들어 주는 호박 수프, 바게트와 크루아상, 리소토와 파스타, 해산물이 잔뜩 올려진 파에야 등, 이름만 들어도 각기 다른 장소를 떠올리게 하는 음식들은 단순히 배를 채우는 것 이상의 의미를 지닌다. 그것은 문화를 대변하는 상징이자 그곳 사람들의 마음이 담긴 정서적 안식처와 같다. 그렇기 때문에 그런 음식들을 통해 우리는 서로가 겪는 이방인으로서의 삶을 조금 더 깊이 이해하고, 다름에도 가깝다고 느끼며, 서로의 이야기를 이해하고 마음의 위로를 나눈다.

외지에서 지내다 보면 다른 나라에서 온 또 다른 외지인들과도 자연스럽게 교류하게 된다. 그런 대화에서는 서로의 고향 음식에 관해 이야기를 나누는 일이 자연스럽다. 모두 다른 나라에서 왔지만 고향에 대한 그리움은 같다. 각자의 나라에서 유명한 음식이나 간식거리를 소개하며 서로의 문화를 배우기도 한다. 같은 재료로 다른 음식을 만든다든지, 비슷한 요리법을 가진 음식에 대해 알게 되는 등의 대화는 언제나 즐겁다. 그러면서 서로 다른 점을 이해하고, 비어 있는 마음의 구석을 따뜻한 온기로 채운다. 그 작은 쿠키 하나, 요리 한 접시를 두고 서로 다른 외지인들이 각자의 방식으로 위로를 주고받을 수 있다는 사실은 정겨운 일이다. 이렇게 다양한 음식들은 우리를 이어준다. 그리고 그 속에서 위로와 기쁨을 찾게 한다.

어느새 나는 그 많은 쿠키 가운데 익숙하지 않은 것들도 즐기게 되었다. 색과 모양이 낯설고 심지어는 이름도 모르지만, 그 쿠키들이 내 집 한구석에 놓여 있을 때 나 역시 알 수 없는 따뜻한 감정을 느낀다. 모양이나 색감은 제각각이고, 쓰여 있는 글씨의 뜻도 몰라 재료나 맛에 대한 설명도 이해하기 어렵다. 그러나 그저 내 공간에 함께 있다는 이유만으로 그 음식들은 나에게 위로를 준다. 누군가의 지나온 길과 고향을 생각하게 하고, 낯선 곳에서의 삶을 조금 더 여유를 갖고 이어 나갈 수 있게 만드는 휴식 같은 존재가 된다.

네덜란드에서 중국으로 건너올 때 아이들이 챙겨온 간식이 있다. 바로 페퍼노트pepernoot와 스트룹와플stroopwafel이다. 둘 다 네덜란드 사람이라면 모를 수 없는 간식의 하나다. 중국에 와서 새로 접하는 다양한 간식들을 즐겨 먹기도 했었다. 하지만 아이들은 간식을 모아두는 서랍에 저 두 네덜란드 쿠키가 있는 걸 보는 것만으로도 마음이 든든한지 행복해한다. 꼭 그 음식을 먹고 싶기 때문일 수도 있지만, 그 음식이 내 공간의 한편에 있다는 사실로써 마음이 편안해지는 느낌을 원하는 것일지도 모른다.

이국에서 느끼는 외로움 속에서 내가 정기적으로 찾게 되는 음식이 하나 있다. 바로 미역국이다. 미역국은 나에게 단순한 음식이 아니다. 생일에 먹던 미역국, 그리고 내가 엄마가 되었을 때 먹었던 그 맛, 그 미역국을 통해 나는 나의 정체성과 내가 지나온 삶의 시간을 되새긴다. 매년 생일이 돌아오면 케이크보다 더 중요하게 챙기는 것이 미역국을 준비하는 일이다. 미역국은 단순히 몸을 따뜻하게 해 주는 음식이 아니라 마음까지 훈훈하게 데워주는 존재가 되어주는 음식이다.

외지에서 이방인으로 살아가는 동안 내가 누구인지, 내가 어디에서 왔는지, 그 모든 것을 되새기게 해 주는 음식이 있음은 행복한 일이다. 미역국을 먹는다는 건 단순히 고향의 맛을 느끼는 순간이 아니다. 나 자신을 돌아보는 시간 그 자체이다. 내가 누구인지, 무엇을 사랑하는지, 어디로 가야 할지 모를 때 먹는 미역국 한 그릇은 내 마음을 위로한다. 그리고 내 정체성을 지켜주는 소중한 나침반이

되어 준다. 낯선 공간에서 우리는 스스로 방법을 찾아 위안하고자
한다. 사람마다 취향이나 개성은 다르지만 결국 우리 모두에게
필요한 건 마음을 따뜻하게 해 줄 수 있는 그 무엇이다. 소소한 음식
하나지만 그 음식 하나가 그리운 그곳과 사랑하는 사람을 추억하게
한다. 나를 위로하는 존재가 된다.

익숙한 음식의 위로

들들들 셔틀버스

중국에 온 뒤로 집에 자가용이 없는 생활을 하고 있다.
장단점이 있지만 불편한 건 사실이다. 그나마 다행스럽게도 살고
있는 주택단지에는 거주민들이 이용할 수 있는 셔틀버스가 있다.

창문을 열고 있으면, 멀리서 들－들－들－ 거리며 천천히
움직이고 있는 셔틀버스 소리가 들려오고는 한다. 이 셔틀버스를
운행하는 기사님은 단 한 명이다. 그는 검은색 라운드 면 티셔츠에
검은 바지를 입고, 가끔 검은색 잠자리 선글라스를 낀다. 과묵하고
표정 변화가 거의 없다. 이른 아침부터 늦은 밤까지 주변 두세 지역을
돌며 매시간 정해진 일정에 맞춰 버스를 운전한다. 그렇게 꾸준히
똑같은 거리를 같은 시간에 운전하며 쳇바퀴 돌듯 도는 모습을
보고 있으면, 그 삶이 지루하지는 않은지 한 번쯤은 묻고 싶어진다.
평소에는 무뚝뚝하지만, 오랫동안 이 동네에서 지내온 듯한 주민이
버스에 타면 친근한 목소리로 그 사람과 대화를 나누기도 한다.

나는 버스를 탈 때는 "안녕하세요."라고 그에게 인사를 하고, 내릴 때는 "감사합니다."라고 인사를 한다. 보통 다른 승객들이 있을 때는 대꾸를 안 하지만, 내가 혼자 타고 있을 때는 그래도 가끔 한 번씩은 고개를 끄떡이거나 "예." 정도의 인사말을 할 때도 있었다. 무뚝뚝한 듯 조금 거칠어 보이는 그의 모습에 편한 사람은 아니라는 생각을 했다. 그러다 내 생각을 바꿀 만한 일이 생겼다.

어느 날 지하철역에서 나와 셔틀버스를 타려고 했던 때였다. 버스 시간이 임박해 마음이 조급했다. 1분만 늦어도 버스를 놓칠 것 같아서 지하철역 출구를 나오며 거의 뛰다시피 걸음을 옮겼다. 역시나 저 멀리 셔틀버스가 유턴 신호에 걸린 모습이 보였다. 그 모습에 안도의 한숨을 내쉬며 더 빠르게 몸을 움직였다. 유턴을 하던 셔틀버스 기사는 내가 출구에서 나와 버스를 보고 뛰듯이 걷는 모습을 고스란히 보았고 재밌다는 듯 얼굴에 웃음을 지었다. 버스에 타고 나서도 숨을 가쁘게 내쉬어야 했지만, 무뚝뚝한 버스 기사가 나를 보고 웃던 모습이 떠오르며 나 역시 재밌는 기분이 들었다.

그날 버스에서 내리기 전 기사님이 내게 말을 걸어왔다. 집 번호가 몇이냐고 물어왔다. 나는 "집 번호요?"하고 되물었고, 그는 다시 "집 번호가 몇이야?"하고 똑같은 질문을 했다. 내가 집 번호를 말하자 다른 주민들이 하는 것처럼 나도 내 집 앞에서 버스를 타고 내리라고 했다. 멀리 버스 정류장 표지가 있는 곳까지 걸어서

   들들들 셔틀버스

오갈 필요가 없다고 말했다. 나는 그 사실을 이미 알고 있었으나 정류장에서 버스를 타는 것이 마음 편하다는 이유로 일부러 거기까지 걸어가서 버스를 타고는 했었다. 하지만 그가 일부러 해 준 말이니 처음 알게 된 정보인 양 호응을 한 뒤 알려줘서 고맙다고, 앞으로는 그렇게 하겠다고 대답했다. 그런 대화를 나눈 그날 이후로도 기사님은 여전히 내 인사에 무뚝뚝한 반응을 보였다.

아침부터 저녁까지, 심지어 휴일에도 그 셔틀버스를 운전하는 사람은 그 기사분이다. 늘 일을 하는 건 쉽지 않다. 교대할 사람이 있을 법하고 휴일을 얻을 수도 있을 텐데…. 그는 이 셔틀버스를 매시간 정해진 길을 따라 몰고 있다. 그 이유가 무엇인지 정확히는 모르겠으나 다른 사람에게 운전대를 넘기기 싫거나 넘기기가 불안한 사정이 있을 수도 있다. '먹고사는 게 대체 뭔지….'와 같은 삶에 대한 근본적인 질문을 생각해 보게도 한다. 오래 본 사이인 듯한 주민들과는 가끔 한 번씩 호탕하게 웃으며 대화를 나누면서도 평소에는 늘 과묵하고 거친 모습으로 일관하는 그의 모습은 묘한 호기심을 불러온다. 마치 뭔가 숨겨진 이야기를 품고 있는 어떤 영화 속 인물을 떠올려보게도 된다.

책상에 앉아 뭔가를 하다가도 멀리서 들─ 들─ 들─ 소리가 들려오면 보이지 않아도 창밖으로 시선을 돌려 넓게 펼쳐진 하늘을 한 번씩 보게 된다. 셔틀버스 운전기사님 오늘도 꾸준하시네요, 하면서.

풍등이 올라간다

좁은 철길이 놓여 있다. 낡고 오래된 상점들이 그 철길을
사이에 두고 양쪽으로 나란히 자리를 잡고 있다. 광산이 바빴던
시절에는 그 상점들이 밥집이자 쉼터였을 것이다. 생활의 터전을
이어주는 활력소가 되어 동네 사람들이 바삐 드나들던 곳이었을
거였다.

 산으로 둘러싸인 이 외진 시골 마을은 특별한 목적이 없다면 찾을
일이 없는 곳이다. 어쩌면 이름조차 듣기 어려운 장소일 수 있다.
그러나 이 평범한 산골 마을에는 세계 각지의 관광객들을 불러들이는
특별한 매력이 있다. 바로 풍등이다. 마을은 주변 광산 지역을
연결하던 열차가 지나던 길에 있어 한때 화려한 시기를 보냈다.
그리고 시간이 흘러 광산들이 영광을 뒤로한 채 쓸쓸히 사라져가면서
마을에도 자연스레 변화가 따라왔다. 이미 관광지로 유명해진 후
내가 찾아갔을 때는 관광객들이 모여 풍등을 날리는 명소로 변해

있었다.

어둠이 스민 짙은 회색 하늘에 알록달록한 풍등이 화홧한 불을 품은 채 떠오르고 있었다. 보통 성인 상반신 정도 크기의 풍등은 얇은 철사로 만든 뼈대에 형형색색의 한지를 둘러 만든다. 사람들은 그 한지로 된 풍등 옆면에 자신의 소원을 적은 뒤 하늘을 향해 날려 보낸다.

철도가 지나지 않는 철길에는 풍등을 든 사람들, 풍등을 날리는 사람들, 풍등을 바라보는 사람들이 가득하다. 거리의 불빛을 받아 그들의 얼굴은 보석처럼 빛난다. 꿈을 꾸는 자들의 얼굴에서 빛이 나고, 그 행복한 미소는 거리를 달콤하게 만든다. 사람들은 풍등에 쓴 소원이 이루어지기를 바라며, 그 풍등이 점이 되어 하늘로 사라질 때까지 자리를 떠나지 못하고 자신의 풍등을 지켜본다. 다른 사람들이 무엇을 꿈꾸며 살아가는지 궁금해져 풍등에 적힌 글귀를 읽느라 바쁘다. 떠나온 곳도 다르고 살아가는 모습도 다를 사람들이지만, 이 순간 그들은 모두 비슷한 마음을 가지고 풍등을 바라보고 있다.

먼 외지까지 와서 풍등 하나에 담는 소원으로 '전세 보증금 꼭 받게 해 주세요.'라는 한국어 문구를 봤을 때는 내 마음도 씁쓸해졌다. 승진, 로또, 사업 대박, 건강, 결혼 등이 적혀있는 풍등의 글귀들은 달랐지만, 그곳에 담긴 소원이 이루어지기를 바라는 마음들은 비슷한

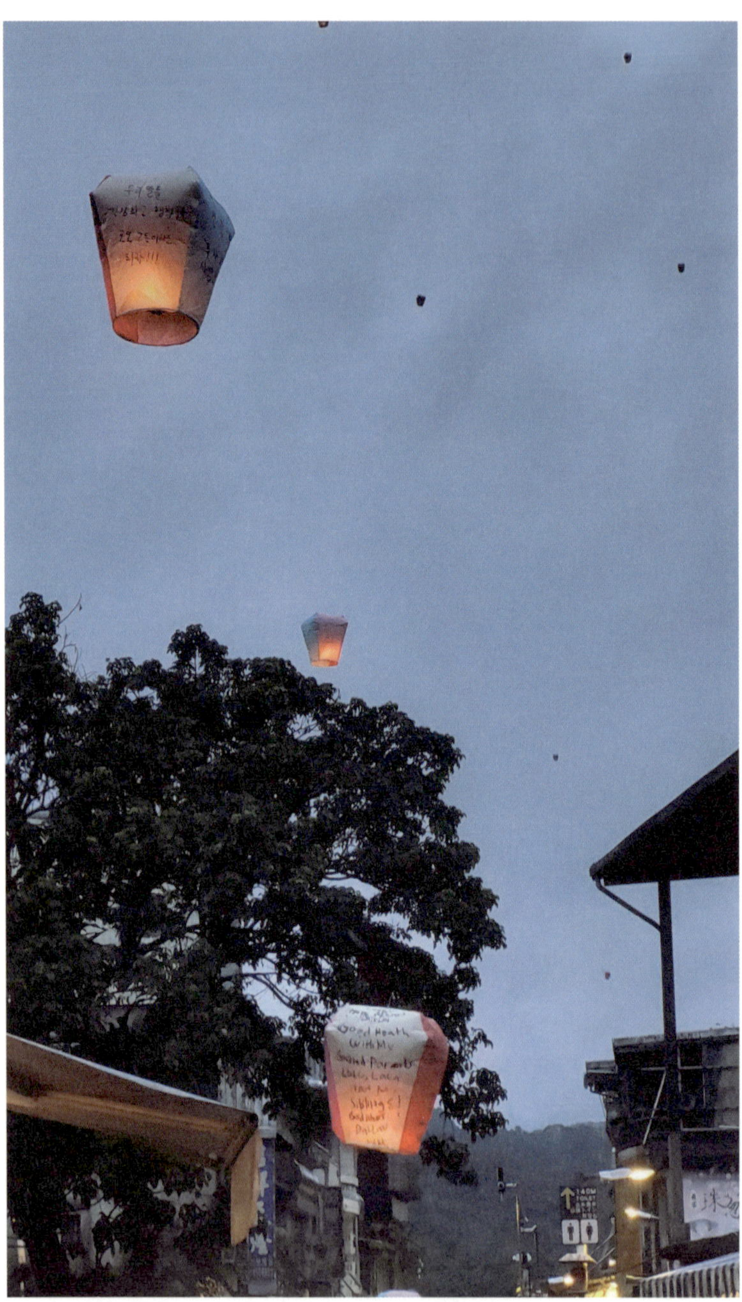

것만 같았다. 한국인들은 그렇게 한국어로 글을 적고, 여러 국적의
외국인들은 각자 자신들의 언어로 풍등에 소원을 적는다. 언어가
다르다고 해도 풍등에 담긴 마음들은 역시 비슷하다.

불꽃이 사그라졌던 산골 마을은 풍등 하나로 빛을 되찾았다.
사람들은 풍등에 소원을 적어 하늘로 올리면 소원이 이루어질 거라고
믿고 싶어 한다. 그 믿음이 있다면 소원은 이미 하늘에 닿아 이루어질
시기가 정해지기라도 한 것처럼 여겨진다. 풍등은 침울한 분위기를
몰아내고 희망의 빛으로 마을을 밝혔다. 그런 마을의 기운이 담긴
풍등이라면 신묘한 기운이 그 소원을 적던 각자의 소망만큼 가득
차오를 거라고 모두들 믿게 되는 것이다.

풍등이 하늘 높이 올라 점이 되고 그 점이 보이지 않을 정도로 높이
올라간다. 그쯤 되면 사람들은 안도의 한숨을 내쉰다. 풍등이 하늘의
어느 곳에 닿았을지, 그 글귀가 어떻게 읽히고 이해되어 소원이
이루어질 수 있는지 논리적으로 생각할 필요는 없다. 사람들의
마음속에는 그냥 좋은 것들만이 남게 되고, 올라갔으니 된 것이며,
풍등에 글을 적었으니 이미 이루어진 것이다. 사실 풍등에 소원을
적으면서 자신이 진정으로 원하는 것을 떠올리고 그것을 꿈꾸는
순간이 더 중요한 것일지도 모르겠다. 그리고 그것은 하늘로 올라간
풍등이 소원을 이뤄줄 것이라 믿는 마음의 근원일 수도 있다. 내가
생각하고 글로 적었으니, 그 소망이 어디론가 퍼져나가거나 누군가가

읽어줄지도 모른다고 믿는 그 마음. 바로 그것이 이 산골 마을의 판타지다.

이 산골 마을은 풍등으로 꿈과 소망을 품은 마음을 이어가고 있다. 하늘로 올라간 풍등이 어디에 닿든 그게 뭐 그렇게 중요할까. 이미 풍등은 하늘을 향해 떠올랐다. 그리고 그보다 먼저 풍등에 쓸 글귀를 생각한 마음이 있었다. 떠오른 풍등이 점이 되어 사라질 때까지 바라보던 꿈이 있다. 소망이 이뤄질 수도 있다고, 꿈을 꾸며 그렇게 희망해 본다. 그대들의 모든 소원, 어떤 언어로든, 어디에서 왔든, 누가 읽든, 그 소원은 하늘 끝 멀리 어딘가로 퍼져간다. 꿈을 꾸고, 소원이 이뤄질 그 순간을 꿈꾼다.

풍등이 올라간다. 모두 다 해피엔딩.

짝짝이 양말 신고 학교 가는 날

네덜란드의 초등학교는 일반적으로 규모가 작은 편이다. 그래서인지 학교의 분위기나 프로그램 등이 교장 선생님의 노력과 열정에 의해 달라지기도 한다. 아이가 처음 다니던 초등학교의 교장 선생님은 매우 부지런히 학교 안팎을 둘러보며 돌보셨다. 더 나아가 학교의 모든 행사나 정책 및 기획을 직접 나서서 이끌어가는 추진력 있고 성실한 분이셨다.

그 학교의 교육 활동은 학생과 학부모 모두가 즐겁게 참여할 수 있을 정도로 훌륭했다. 그중에서도 특히 내 기억에 오래 남은 특별한 날은 바로 '짝짝이 양말을 신고 학교에 가는 날'이다. 학생 중 다운증후군인 아이가 한 명 있었다. 네덜란드의 많은 초등학교는 다운증후군과 같은 특별한 관심이 필요한 학생들도 특수 학급이 아닌 일반 학급에서 다른 학생들과 함께 학교 생활을 할 수 있도록 지원한다. 아이의 학교 역시 그 학생이 일반 학급의 일원으로 학교를 다니고 있었고, 그 학생의 부모님과 교장 선생님의 주도로 매년 짝짝이 양말을 신고 학교에 가는 행사를 진행해 왔다. 서로 다르게 보일지라도 그것이 특이한 일이 아님을 자연스럽게 받아들이는 작은 이벤트 같은 날이었다.

실제로 그 다운증후군이 있는 아이는 엄마와 함께 학교 중앙 홀에 솜사탕 기계를 놓고, 아이들에게 솜사탕을 만들어 나눠주기도 했다. 알록달록한 짝짝이 양말을 신은 아이들이 여기저기 바쁘게 움직이며 달콤한 솜사탕 냄새와 함께 화사한 분위기를 자아냈다. 그야말로 축제인 것이다. 더 나아가 다름을 받아들이고 사회의 한 구성원으로서 어우러져 함께 살아가는 것, 양말이 두 짝 모두 같을 필요는 없다는 것, 색이 다르고 모양이 달라도 그렇게 함께 양말이 짝을 이룰 수도 있다는 것, 짝이 다른 양말을 신고 있어도 이상하게 여길 필요는 없으며 그것이 평범할 수도 있음을 함께 공유하고 배워가는 날이 된다.

'짝짝이 양말의 날'은 이 학교에만 있는 특별한 날이 아니다. 국제다운증후군협회는 다운증후군을 향한 인식을 개선하기 위해 매년 3월 21일마다 짝짝이 양말을 신도록 권유하고 있다. 이 캠페인의 목적은 다운증후군을 가진 사람들도 그리 다르지 않다는 생각을 널리 알리는 데 있다. 양쪽 발목에 신겨있는 양말이 다르더라도 상관없다는 메시지가 그러하다. 둘 다 그저 양말일 뿐이며, 약간의 차이가 있더라도 결국 모두 함께 어우러져 지낼 수 있는 존재이지 않은가.

사실 나는 이 학교 행사 덕분에 국제다운증후군협회의 짝짝이 양말 캠페인에 대해 알게 되었다. 그전까지만 해도 왜 알록달록한 양말을 짝짝이로 신고서 그 모습을 보이려 하는지 이해하지 못했다. 그러나 아는 만큼 보인다고 했던가. 이 이벤트와 관련된 뒷이야기를 듣고 나니 짝짝이 양말을 신은 모습이 더욱 멋지게 느껴졌다. 그날 짝짝이 양말을 신고 등교하는 아이들도 스스로 뿌듯함을 느끼는 듯해 보였다.

어쩌면 이건 어른들이 캠페인으로 내세운 의미일 뿐일 수도 있다. 알록달록한 짝짝이 양말을 신고 등교하는 아이들은 그런 복잡한 의미를 생각하지 않을지도 모르겠다. 각 양말의 모양과 색을 달리해 짝짝이로 신는 것 자체가 재미있을 테고, 그에 대해 반감이나 특별한 의미를 느끼지 못할 수도 있다. 그럼에도 불구하고 아이들은 이 행사를 특별한 이벤트처럼 즐거워한다. 양말을 짝짝이로 신는 게 달라 보이지만 그 다름이 일상적으로 받아들여질 수 있음을 배우는 날이라 즐거워 보인다. 이렇게 아이들은 자연스러운 방식으로 다름을 이해한다. 그리고 자신이 생각하는 평범함 안에 받아들여간다.

난민 소년과 크리스마스 디너

일반적으로 네덜란드 초등학교의 겨울 방학은 크리스마스를 일주일 정도 앞둔 시기에 시작된다. 이 무렵 아이들은 조금 다른 의미로 바쁘고 설레는 시간을 맞이한다. 겨울 방학 직전에 열리는 아주 특별한 행사인 '크리스마스 저녁 파티' 때문이다.

학교의 모든 직원과 선생님들은 이 크리스마스 저녁 파티를 위해 학교 내부와 각 학급을 직접 장식하느라 바쁜 시간을 보낸다. 보통 이 파티 몇 주 전부터 교실 문 옆에 파티 음식 목록을 적을 수 있는 종이를 붙여 놓는다. 이는 겹치는 음식을 방지하고 저녁 파티에 필요한 음식과 음료수, 디저트 메뉴가 골고루 준비될 수 있도록 미리 준비하기 위한 것이다. 또한 어떤 음식을 먹게 될지에 대한 아이들의 기대감을 높이고, 혹시 있을지도 모를 알레르기 문제를 미리 확인할 수 있는 방법이기도 하다. 아이들은 부모를 도와 직접 만든 케이크나 머핀 등을 가져온다. 또 부모들이 각자의 고향 음식을 요리해 보내오기도 한다. 가끔 처음 보는 메뉴나 특별히 아이들이 좋아하는 메뉴가 목록에 적혀 있을 때는 저녁 파티 날까지 기대감에 들뜬 마음을 감추지 못하며 행복해한다.

부모들은 아이들과 함께 음식을 가져오지만, 아이들만 학교에 남겨두고 집으로 돌아간다. 그리고 저녁 파티가 끝날 무렵 다시 학교로 돌아와 아이들을 데리고 집에 간다. 아이들은 크리스마스를 연상시키는 복장을 하거나 드레스와 셔츠를 차려입고 한껏 멋을 낸 후 파티에 참석한다. 그렇게 자신들만의 파티를 즐기며 학년을 마무리하고 겨울 방학과 크리스마스를 맞이하는 설레는 시간을 보낸다. 학교는 아이들의 파티를 위해 어린이용 샴페인까지 준비해 분위기를 한껏 돋우기도 한다.

아이들은 크리스마스 저녁 파티의 주인공이다. 낭만적인 분위기 속에서 학급 친구들과 즐거운 시간을 보내고 맛있는 음식을 먹으며 특별한 추억을 만든다. 그래서 일반적으로 초등학교 아이들은 이날을 손꼽아 기다린다. 그런데 이런 멋진 날의 특별한 시간을 반 친구 중 한 명이 놓친다면 어떨까. 그것만큼 아쉽고 안타까운 일이 없을 것이다.

아이 학교에서 크리스마스 저녁 파티가 열리던 날이었다. 모든 아이들이 잔뜩 들떠 있었다. 한 아이만 제외하고. 그 아이는 난민 지위로 부모님 및 어린 두 동생과 함께 네덜란드에 왔다. 그리고 불행히도 그 아이가 속한 학급이 크리스마스 저녁 파티를 여는 날,

아이의 부모님이 거주증과 관련된 매우 중요한 인터뷰를 위해 멀리
떨어진 도시로 기차를 타고 가야 하는 상황이었다. 당연히 아이는
저녁 파티에 참석할 수 없었고, 대신 집에 남아 두 동생을 돌보며
부모님이 돌아오시기를 기다려야만 했다. 그런 결정을 내려야
했던 아이와 부모님의 마음은 굳이 설명하지 않아도 충분히 짐작할
수 있다. 그 아이가 참석할 수 없다는 소식을 들었을 때 선생님과
반 친구들 모두 매우 안타까워했다고 한다. 그 이야기를 들은 반
친구들의 부모들도 같은 마음이었을 것이고, 나 역시 그 아이의
상황을 듣고 안타까운 마음과 함께 그 아이가 대견하게 느껴졌다.

크리스마스 저녁 파티가 끝난 후 집에 돌아온 아이는 매우 행복해
보였고, 예기치 않게 기쁜 소식을 전해주었다. 그 아이가 결국 파티에
왔다는 소식이었다. 그 친구는 숨이 차도록 달려와서 파티가 거의
끝날 즈음에 교실에 도착했다고 했다. 모두가 열렬히 환호하며 그
친구를 반겨 주었고, 그 친구를 위해 조금씩 남겨두었던 음식을
전달해 주어, 그 아이도 다양한 음식을 골고루 맛볼 수 있었다고
했다.

파티에 참석하지 못하고 동생들을 돌보고 있을 그 아이를 생각하며
서둘러 돌아온 부모님의 마음, 부모님이 예상보다 일찍 도착하자
바로 집을 뛰쳐나와 학교로 향한 그 아이의 마음, 그리고 그 아이가
교실에 등장했을 때 선생님과 반 친구들이 환호하던 마음. 모든

                     난민 소년과 크리스마스 디너

이들의 마음이 너무나 아름다워서 그 겨울 저녁, 그 교실에서 열린
크리스마스 저녁 파티는 동화 속 한 장면처럼 모두에게 아름다운
기억으로 남게 되었다.

저녁이 있는 삶의 다른 해석

단순히 어둠을 이야기하는 것이 아니다. 같은 공간이지만 자연 빛이 사라지고 어둠이 스며들기 시작하면 공기마저 달라진다. 어둑어둑해진 길거리의 저녁 냄새는 사람의 마음을 살며시 들어 올리는 재주라도 있는가 보다. 저녁에서 밤으로 이어지는 시간에는 사람들의 마음도 빛의 변화처럼 달라지고는 한다. 밤공기가 주는 아늑함이 있다. 뭔가 사람의 마음을 싱숭생숭하게 하는 냄새가 저녁부터 서서히 흘러나와 밤으로 지나는 골목에 나긋이 깔린다. 같은 공간이지만 빛의 변화로 인해 공간의 분위기가 달라진다. 공기 중을 맴도는 향기도 마찬가지다. 개인적인 성향에 따라 이 달라진 공간의 분위기를 즐기는 방법도 달라지겠으나, 결혼 여부나 아이 유무에 따라 그 달라진 빛의 변화를 받아들이는 태도도 달라질 수 있다.

보통의 평일의 경우, 네덜란드 사람들은 이런 저녁 냄새를 맡으면 집으로 돌아간다. 그런 싱숭생숭하게 마음을 들뜨게 만드는 저녁의 분위기는 집에서 편안한 휴식을 취하기 딱 좋은 환경이 된다. 아이가 있는 사람들은 특별한 이유 없이는 지인들과의 평일 저녁 모임을 되도록이면 갖지 않는다. 개인의 여유 시간을 밖에서 보내는 대신 가족과 집에서 보내는 걸 자연스럽게 여긴다. 일상이 아이 중심, 가족 중심, 부부 중심으로 흐르는 것이 그들에게는 더 자연스럽다. 회사 회식도 마찬가지다. 근무 시간 중에 하거나 근무 후 간단히 모인 뒤 끝내는 것도 일반적이다. 복잡하거나 치열하거나, 또는 늘 반복되는 아무 일 아닌 듯한 일상을 마친 후 각자의 해석대로 휴식을 취하기 위해 사람들은 집으로 돌아간다. 휴식을 취하는 방식은 사람마다 다를 수 있다. 또한 살아온 문화나 생활 환경에 따라 달라질 수도 있다. 개인의 취향에 따라 그 모양새가 변할 수밖에 없다.

중국에 와서 겪게 된 다양한 변화 중 하나는 저녁 산책이다. 어둠이 내려앉을 즈음이면 바깥공기가 그리워지고, 산책길에서 듣게 되는 귀뚜라미 울음소리가 듣고 싶어진다. 네덜란드뿐만 아니라 유럽의 어디를 가든지 특별한 이유 없이는 어두워진 거리로 저녁 산책을 나가는 걸 즐기지 않았다. 워낙 길거리에 사람이 없기도 하고 불빛 역시 듬성듬성 은은히 있어서 어둠마저 내려앉은 길거리는 고독하거나, 외롭거나, 혹은 무섭게 느껴질 때가 있기 때문이다.

중국 사람들은 보통 저녁 시간이 되면 밖으로 산책 나가는 것을 즐기는 듯하다. 어둠이 내려앉은 거리를 산책하는 사람들이 꽤 많다. 중국 사람들은 저녁이 있는 삶을 위해 해가 저물면 가족들과 밖으로 나간다. 아이들을 유아차나 자전거에 태워 놀이터, 광장, 공원, 쇼핑몰 등의 장소로 저녁 마실을 간다. 어둠이 내려앉은 거리를 홀로 걷는 사람들도 많지만, 가족으로 보이는 사람들이 어린아이들을 데리고 저녁 산책을 하는 모습도 자주 보게 된다. 어둠이 내려앉은 후 집 밖으로 나오는 것을 자연스럽게 여기는 것처럼 보인다.

에너지를 절약하기 위해서인지 거리의 불빛이 그리 밝지는 않다. 주택가의 산책길은 가로등도 듬성듬성 놓여 있다. 그럼에도 불구하고 어둑한 거리를 산책하는 마음이 편안하다. 잔잔히 밤공기를 뚫고 들려오는 귀뚜라미 울음소리가 불빛이라도 되는 듯 발걸음이 닿을 곳을 비춰준다. 어린아이를 유아차에 태우거나 아장아장 걷게 하며 함께 산책하는 가족들도 있고, 여름밤에는 시원해진 밤공기를 즐기며 혼자 산책하는 사람들도 많다. 빠르게 거리를 뛰며 운동하는 사람들도 있지만 대부분은 여유롭게 걸음을 옮기며 목적지가 없는 사람들처럼 머물 듯 걷는다. 평일 늦은 저녁 시간이지만 내일 아침에 일어나기 위해 일찍 집에 들어가 잠을 청해야 한다는 조바심이 그들의 움직임에서 느껴지지 않는다.

네덜란드에서는 사람들이 저녁이 있는 삶을 위해 퇴근 후 집에 머문다. 가족이 있는 사람들의 대부분은 하루 일과를 마친 후 곧장

저녁이 있는 삶의 다른 해석

집으로 향한다. 집에서 가족들과 저녁을 먹고 휴식을 취하는 것이 저녁이 있는 삶이고 여유가 된다. 개인차가 있겠지만 보통은 비교적 이른 시간에 저녁 식사를 마치고 다가올 내일 아침을 위해 준비할 것을 챙긴 후 일찍 잠자리에 들기도 한다. 이런 이유로 나 역시 네덜란드에서는 저녁 식사를 마친 후 밖에 산책을 나간 적이 거의 없다. 산책은 햇살이 있고 날이 밝을 때 즐겨 했기 때문이다. 흐리고 우중충한 날씨일 때는 길거리에서 사람을 마주치기 힘들 정도다. 그러다가 갑자기 해가 쨍쨍하게 모습을 드러내면 거짓말처럼 거리에 사람들이 많아진다. 햇살이 비추는 길거리는 그 모양이나 분위기가 전혀 다른 공간으로 변한다. 그 순간을 즐기지 않으면 손해를 보는 것처럼 느껴질 정도다.

저녁이 있는 삶을 원한다는 말은 보통 일과 개인의 생활이 균형을 이루는 삶을 원한다는 의미로 이해될 수 있다. 일반적으로 '저녁이 있는 삶'이라는 뜻은 일을 위해 하루의 대부분을 보내는 것이 아니라, 일을 낮에 마치고 난 후 저녁 시간은 개인의 삶을 위한 시간을 보내는 것을 의미한다. 개인 시간을 갖는 것을 저녁이 있는 삶이라고 한다면, 네덜란드와 중국에서 내가 경험한 저녁이 있는 삶의 모습은 조금 다르게 느껴진다. 네덜란드에서의 저녁이 있는 삶이란 집에서 편안히 휴식하는 모습으로 비춰진다. 그와 더불어 개인의 시간을 중요하게 생각하는 것으로 이해해 볼 수 있다. 반면 중국에서의 저녁이 있는

삶이란 어둠이 내려앉은 산책길을 함께 걷고 저녁 마실을 나가서
놀거리를 찾아 즐기는 일이다. 바꾸어 말하면 맛있는 음식을 먹는 등
또 다른 즐길 거리를 집 밖에서 찾는 시간이라 이해해 볼 수도 있다.
네덜란드에서는 어두워지면 길에 사람이 없어서 보통 더 밖에 나가지
않게 되지만, 중국은 어두워지면 오히려 그 어둠이 주는 분위기를
즐기며 더 자유롭게 길을 걸을 수 있다. 적당히 한적한 밤거리는
한낮의 번잡했던 거리보다 훨씬 여유롭고 안정감 있게 느껴진다.

네덜란드 사람들은 자녀 양육에 있어 편안한 환경과 여유로움을
중요하게 생각하는 편이다. 너무 많은 자극이 없는 차분한 환경에
쉬고 있는 자녀 옆에서, 부모도 편안함을 느끼며 휴식을 취할
수 있다. 변함없는 일상은 자녀에게 안정감을 주고 이런 점은
부모에게도 마찬가지로 적용된다. 그래서 네덜란드의 가족들은
아이들과 함께 큰 자극 없이 변화가 없는 저녁 시간을 집에서
차분하게 보내는 걸 선호할 때가 많다. 편하고 친숙한 환경인 집에서
가족이 모여 요란하지 않은 저녁을 먹고, 함께 TV를 보거나 하루
일과에 대해 이야기하며 저녁 시간을 보내기를 선호한다. 또한
특별한 날이 아닌 이상 외식을 하지 않는 문화도 가족들이 저녁
시간을 집에서 함께 보내게 하는 데 영향을 미친다고 볼 수 있다.

이처럼 가족과 집에서 특별한 자극이나 변화 없이 조용히 쉬는
것을 휴식이라고 생각할 수 있다. 마찬가지로 집 밖을 돌아다니며

　　　　　　　　　　　저녁이 있는 삶의 다른 해석

가족과 함께 재미를 찾아 즐기는 것이 휴식이라고 생각할 수도 있다.
그 모양새는 다르지만 가족을 생각하는 마음 및 가족과 함께 시간을
보내는 것을 중요시 여기는 마음은 비슷할 듯하다.

좋은 사람, 나쁜 사람

이른 저녁을 먹으러 음식점이 즐비한 중국 도시의 한
중심가를 걷고 있었다. 길거리 행사가 있었는지 도로 곳곳에 간이
매대가 설치되어 있었다. 아이는 줄곧 탕후루가 먹고 싶다고 했다.
이런 간이 매대라면 그런 길거리 음식을 찾아볼 수도 있겠다는
생각에 이곳저곳을 기웃거렸다. 다행히도 딱 한 군데 탕후루를 파는
곳이 눈에 띄었다.

매대에 가까이 다가가 보니 남은 제품이 거의 없는 상태였지만
다행히도 아이가 먹고 싶어 하던 딸기 탕후루가 두 개 남아있었다.
내가 딸기 탕후루를 가리키며 하나 달라고 말하자, 우리를 매대
뒤편에서 쳐다보고 있던 남자가 그 제품은 망가진 제품이라고
못 판다고 했다. 그러면서 20분 정도 뒤에 새로 제품이 준비되니
그때 다시 오면 살 수 있다고 말해왔다. 겉보기에는 괜찮아 보이는
제품이어서 판매를 해도 될 듯한데, 좋은 제품이 아니라고 판매를

하지 않겠다는 남자가 정직해 보였다. 그래서 저녁 식사를 하고 조금 걸어서 다시 되돌아오는 게 수고스럽더라도 그 탕후루 매대에 다시 돌아가기로 했다.

좋지 않은 제품을 속여서 팔지 않은 그 남자의 정직함에 우리 가족은 모두 훈훈함을 느낀 참이었다. 그래서 더운 날씨에도 불구하고 그 매대로 다시 돌아가는 것이 그리 나쁘지 않다고 생각했다. 하지만 근처의 식당에서 저녁을 맛있게 먹고 배가 부르자 나는 솔직히 아이가 그 탕후루 매대를 잊어버렸기를 은근히 바랐다. 그러나 아이는 아이다. 그 달콤함을 잊지 않고 배가 불러도 자신은 탕후루를 꼭 먹어야겠다고 했다. 더불어 그 남자에게 우리가 다시 돌아오겠다고 했으니, 그 남자가 설령 물건을 안 가지고 있더라도 우리들은 그곳에 꼭 다시 돌아가야 한다는 말을 덧붙였다.

그 남자의 정직함에 대한 보상으로 우리는 더운 날씨에 땀을 흘리며 다시 그곳으로 걸어서 돌아갔다. 남자와 탕후루 매대는 그대로 있었고, 남자가 말했던 것처럼 매대에는 다시 여러 개의 탕후루가 채워져 있었다. 나는 잠시 딴 곳을 보러 갔고 남편과 아이만 탕후루를 사 오기로 했다. 그런데 그사이 일이 생겼다. 탕후루를 사 온 두 사람의 표정이 왠지 이상했다. 이유를 물어보니 머뭇거리며 뭔가 이상하다는 것이었다. 그 남자가 탕후루 하나에 가격을 20위안*을

* 　한화로 약 3,900원

내라고 해서 두 개를 사고 40위안**을 지불했다는 거다. 매대 앞으로 다시 가보니 딸기 옆에 8위안***이라고 적혀있었다.

쌉쌀한 맛이 너무 쓰게 느껴졌지만 우리는 그 남자에게 더 이상 아무것도 묻지 않기로 했다. 파는 사람이 그 가격에 팔겠다고 하면, 우리는 그 가격을 지불할 수밖에 없는 것이다. 파는 사람 마음인 것이고, 처음부터 탕후루 가격이 하나에 얼마인지 정확히 묻지 않고 무조건 탕후루를 사겠다고 말한 우리의 실수라는 생각이 들었다. 못 쓸 물건이라고 팔지 않던 남자와 무지한 외부 사람에게 마음대로 가격을 매겨서 판듯한 남자는 분명히 동일 인물이었지만, 우리는 그 사실을 받아들이기가 왠지 좀 힘들었다. 달콤한 탕후루를 산 후의 우리 표정은 모두 다 왠지 쌉쌀해졌다. 마음이 좀 얼얼했다. 그도 그럴 것이, 좋은 사람이라 생각해서 우리는 그곳에 돌아가는 수고를 기꺼이 행했는데, 달콤한 탕후루를 산 후 즐거워야 할 마음이 무거웠다.

그렇게 쌉쌀한 맛을 남긴 탕후루를 우리는 한동안 잊고 지냈다. 그러다 어느 날 들른 쇼핑센터에서 또다른 탕후루 가게를 마주했다. 저번 일 때문에 나는 왠지 탕후루가 그리 반갑지만은 않았지만, 아이의 손에 이끌려 가게에 들렀다. 그런데 탕후루 가게 메뉴판을 본

**　　한화로 약 7,800원
***　　한화로 약 1,500원

　　　　　　　　　　좋은 사람, 나쁜 사람

순간 정신이 번쩍 들었다. 가게 메뉴판에 적힌 보통 크기의 탕후루 하나 가격이 20위안이었기 때문이다. 그리고 그 옆에 놓인 조그만 크기의 탕후루가 하나에 8위안이었다. 예전 탕후루 매대의 남자가 우리를 속인 게 아니었던 거다. 우리가 그 남자를 오해한 거였다.

탕후루를 사 들고 가게를 나오는 마음이 급해졌다. 이 기쁜 소식을 가족 모두에게 얼른 알리고 싶은 마음에 초조함마저 느끼고 있었다. 오해였던 것을 알게 된 우리 얼굴은 모두 한결같았다. 다행스러운 마음과 미안한 마음이 묘하게 섞여 있었다. 좋은 사람을 만났던 날의 기억을 그대로 간직하게 돼서 다행스러웠고, 좋은 사람을 나쁘게 오해해서 미안했다.

그 탕후루 매대를 혹시라도 다시 마주치게 된다면 행복한 마음으로 탕후루를 잔뜩 사줄 생각이다.

삶을 사는 맛

어릴 적, 짜장면은 누군가가 사줘야만 맛볼 수 있는 특별한
음식이었다. 그 당시 짜장면은 마치 특별한 간식처럼 여겨졌고,
부모님이나 다른 어른들이 사주실 때마다 그 순간이 무척이나
즐거웠다. 하지만 어른이 되고 나서는 짜장면이 더 이상 그렇게
반가운 음식이 아니게 되었다. 이제는 내가 먹고 싶으면 언제든 사
먹을 수 있지만, 정작 짜장면을 찾는 일은 드물어졌다. 수많은 음식
가운데 굳이 짜장면을 떠올리게 되는 일도 거의 없었고, 어린 시절
내가 그렇게 좋아했던 짜장면은 어느새 기억의 뒤편으로 잊혀 갔다.

그렇게 잊힌 짜장면이 다시 내 마음속에 떠오른 것은 해외에서
생활을 시작하면서였다. 한국 음식이 그리워지기 시작하며 가장
먼저 떠오른 음식이 바로 짜장면이었다. 쉽게 손에 닿지 않는 것들이
더 애틋해지듯 짜장면도 그런 존재가 되었다. 외국에서 짜장면을 사
먹을 수 없게 되자, 그 맛에 대한 그리움은 점점 커져만 갔다. 그러던

어느 날, 밖에서 먹을 수 없다면 내가 직접 만들어 보자는 생각에
이르게 되었다. 사실 집에서 짜장면을 만든다는 건 내 고정관념
속에서는 거의 불가능한 일이었다. 짜장 소스는 중국 음식점에서
강한 불로 볶아야 그 맛이 난다고 생각했기 때문이다. 그러나 맛에
대한 그리움은 나를 움직였고, 결국 집에서 짜장을 볶아보기로
결심했다.

춘장에 삼겹살을 넣고 볶는 법을 알게 되었을 때는 마치 숨겨진
비법을 알게 된 기분이었다. 볶을 때 간장을 조금 넣으면 더 맛있다는
사실을 알게 되자 신이 나서 얼른 그 방법을 시도해 보고 싶었을
정도였다. 그렇게 몇 번 짜장면을 집에서 만들어 먹다 보니 나름
만족스러운 맛을 낼 수 있었다. 그러나 당연히 음식점에서 만든
짜장면 맛에는 미치지 못했다. 무엇보다 집에서는 외부에서 사 먹던
쫄깃한 면발을 재현할 수 없어 아쉬움이 남을 수밖에 없었다.

그러다 네덜란드에서 중국으로 옮겨오면서 다시 짜장면을 사
먹을 수 있게 되었다. 어른이 되고 나서는 그리 먹고 싶지 않았던
음식이었지만, 이제는 내가 일부러 찾아가 짜장면을 사 먹게 된
것이다. 오랜만에 중국 음식점에서 맛본 따끈한 면발을 입에 넣었을
때 그 맛을 넘어서는 무언가가 내 마음에 퍼져갔다. 말로 다 표현할
수 없는 따스한 감정이 차오르는 게 느껴졌다. 집에서 짜장을 볶으며
느꼈던 복잡하고 다양한 감정들이 짜장면 그릇에 스며들어 함께

전해지는 듯했다. 그때 내 마음속에 솟아오른 감정은 너무나 진하게 지난 추억들을 떠오르게 했다.

짜장면은 혼자 먹을 수도 있고, 사람들과 함께 나누어 먹을 수도 있는 음식이다. 그리고 적절한 순간에 삶을 더욱 맛있게 해 주는 음식이기도 하다. 그전까지만 해도 혼자 짜장면을 먹는 모습은 상상조차 할 수 없었지만, 지금은 혼자여도 그 속에서 또 다른 삶의 이야기를 떠올리며 짜장면을 즐길 수 있게 되었다. 짜장면은 삶의 여러 순간을 담고 있는 음식처럼 느껴진다. 기쁨, 슬픔, 행복, 외로움, 그 어떤 감정도 짜장면을 떠올리며 함께 그려볼 수 있을 정도다. 어린 시절, 학창 시절, 그리고 어른이 된 지금까지 짜장면과 관련된 기억들이 내 삶의 여러 장면 속에 스며들어 있다. 낯선 타지에서 이방인으로 살아가는 동안 내 집 부엌에서 춘장 소스를 손수 볶으며 느꼈던 다양한 감정들도 하나의 추억이 되어 내 마음에 남아있다. 이처럼 짜장면은 단순한 음식 이상의 의미를 지닌다. 내 삶의 장면들을 채워주고, 그 안에서 많은 이야기를 되새기게 만든다.

어머니는 짜장면이 싫다고 하셨다는 가사의 대중가요나, 여러 드라마와 영화 속 짜장면 이야기들을 떠올리면 이 음식은 화려한 음식들과 비교할 때 소박하고 서민적인 느낌을 준다. 그런 점에서 짜장면은 우리에게 특별한 감정을 불러일으킨다. 그 소박한 맛 속에서 우리는 삶의 깊이를 찾고, 추억을 이어갈 수 있다.

HOLLAND
et santa
ze zoetste
250

KLEIN
CLAUDE'S
295
kilo

DE ECHTE
4 umes

02
가을, 유쾌한 하루들

고양이 아이큐 테스트

B의 고양이 터스튼이 아이큐 테스트 결과 천재로 확인됐다.

B는 외동아이로 그 집에는 터스튼과 킴이라는 고양이 두 마리가 함께 살고 있다. 두 고양이는 모두 길고양이였고 동물보호소에서 B의 가족이 입양을 해온 거였다. 터스튼에게는 독특한 습관이 있다. 바로 눈에 보이는 모든 음식을 먹으려 한다는 것이었다. 아마 길고양이 시절 아픔 때문에 그러는 듯하다며 B의 가족은 그런 행동을 안쓰러워했다. 그래서 터스튼을 위해 집안의 모든 먹을거리를 언제나 캐비닛 안에 넣어 둔다고 했다.

옆집 이웃이 자신들의 정원에 터스튼과 킴이 자꾸 배설물을 남기고 간다고 불평을 토로했다. 그러자 B의 가족은 고양이 혼자 집 밖으로 나갈 수 없도록 고양이 출입구에 특수 장치를 달았다. 물론 자유롭게 돌아다니던 고양이들을 가둬두는 게 마음에 걸리기도 했다. 하지만 그렇다고 이웃의 불편함을 모른 척할 수도 없는 일이었다. 그러던 어느 날, 터스튼이 그 고양이 출입구의 특수 장치를 열고 밖으로 나가는 일이 생겼다.

놀란 B의 가족은 고양이 아이큐 테스트를 의뢰했다. 전문가는 터스튼이 일반 고양이보다 지능이 뛰어나다고 확인을 해줬다. 자신들이 사랑하는 고양이 터스튼이 천재 고양이라는 소식을 접한 B의 가족들은 그날 매우 기뻐했다고 한다.

여기까지가 내가 아이에게 들은 B의 고양이가 아이큐 테스트를 받아 천재로 판명된 이야기의 전말이다.

1. 고양이 아이큐 테스트라는 게 진짜 있고, 터스튼은 천재로 판명되었다.
2. B가 내 아이에게 재미 삼아 이야기를 꾸며 얘기했다.
3. 내 아이는 친구가 재미 삼아 꾸며서 한 이야기인 것을 알면서도, 내게 그것을 진짜인 것처럼 전했다. 그 이야기가 꾸며낸 것임을 알아차리더라도 내가 믿고 싶어 할 거라는 걸 잘 알고 있기 때문이다.

나는 솔직히 위의 세 가지 항목 중 어느 것이 진실인지 정확히 알지 못한다. 고양이 아이큐 테스트를 검색 엔진에 넣어보고 싶은 마음도 있지만, 그렇게 하고 싶지 않은 마음이 더 강하다. 나는 말을 하는 고양이나, 동네 동물 친구들과 모여 댄스 파티를 즐기는 고양이, 또는 세상 모든 일을 다 알고 있으면서도 순진하고 귀여운 척 사람 친구 앞에서 연기를 하는 고양이 등의 캐릭터를 사랑하기 때문이다.

터스튼이 고양이 아이큐 테스트를 받아서 천재로 판명되었다는 얘기를 믿어 보기로 했다. 상상만으로도 재밌는 천재 고양이 얘기를 굳이 믿지 않을 이유 또한 없을 듯하다. 가끔 전해 듣는 터스튼 소식에 상상을 더하며 누리는 소소한 즐거움이 감사할 따름이다.

바셀린 바른 머리

남들에 비해 조금 더 눈에 띄는 조건을 가진 채 평범한
일상을 영위해 가기 위해서는 특별한 노력을 해야 할 수도 있다.
거기에 조금 더 뭔가를 더해 본다면 위기 상황을 굳세게 대처해 가는
의연함까지 필요할 때가 있다. 살아가면서 늘 평평한 길을 만날 수
있는 건 아니니까. 가끔 휘어져 다가오는 굴곡진 길에 의연하게
대처해 가며 평지와 곧은 길을 만날 때까지 그저 걷는 힘이 필요하다.
네덜란드에 보금자리를 마련하고 조금씩 자리를 잡아가던
시기였다. 나도 낯설지만 나를 바라보는 그들도 내가 낯설었을
것이다. 그걸 잘 알기에 행동 하나라도 늘 조심하려고 노력하던
시절이었다. 그러던 차에 일이 생겼다. 어찌 보면 그냥 넘길 수
있는 일이기도 했다. 하지만 인생의 방향이 이상하게 흘러가려고
한다면 걷잡을 수 없는 상황을 불러올 수 있을 만큼 민감한 사안이
될 수도 있는 일이었다. 자그마한 돌출 행동이 그들의 오해를 살까

봐 조심스러웠다. 낯선 이방인들을 너그럽게 봐 주는 시선보다 편견 어린 시선이 더 거셀 수도 있기 때문이다.

개방형 주방에서 나는 바삐 움직이고 있었고, 아이는 바로 옆 거실에 있는 소파에 앉아서 놀던 중이었다. 너무 내 일에 집중해 있느라 아이가 꽤 오랫동안 조용하다는 사실도 잊고 있었다. 어린아이가 아무 소리 없이 오랜 시간 조용하다는 것은 때로 반갑지 않은 짓궂은 상황을 맞이할 수 있음을 뜻하기도 한다. 문득 그 불길한 고요함을 깨달은 나는 거실로 걸어 나왔다. 순간 당황스러운 비명을 지를 수밖에 없었다. 아이의 머리에 바셀린 한 통이 거의 그대로 덕지덕지 발라져 있었기 때문이다. 그 투명한 듯 노르스름하고 질척한 바셀린을 머리에 잔뜩 바른 채 아이는 해맑은 미소로 나를 향해 환하게 웃고 있었다. 꽤 오랫동안 그렇게 놀면서 유쾌한 놀이를 즐기고 있었던 듯했다.

그 떡진 머리와 환한 미소를 보고 있자니 한동안 어이없는 웃음만 나왔다. 그리고 실없이 터져 나온 웃음 뒤로는 당장 내일 아침 어린이집에 보낼 생각에 걱정이 밀려왔다. 어쩌다 아이 머리가 이 지경이 될 정도까지 살피지 않았는가, 자책감이 들었다. 그러면서도 아이를 제대로 돌보지 못하는 낯선 이방인 엄마로 보일까 봐 걱정이 됐다. 바셀린이 잔뜩 발린 아이의 머리를 여러 번 샴푸를 사용해 씻겨 보았으나 머릿결만 점점 푸석해질 뿐이었다. 심지어 제대로 씻기지

　　　　　　　　　　　　　　바셀린 바른 머리

않은 바셀린이 하얗게 머리카락마다 달라붙기 시작했다. 뭔가를 하면 할수록 상황은 더 나빠졌다. 나는 점점 더 심각한 표정으로 조바심을 내고 있었다. 이제야 내 심상치 않은 표정에서 심각함을 느꼈는지 아이의 얼굴도 어두워져 가고 있었다.

아이의 머리에서 바셀린을 없애는 건 쉬운 일이 아니었다. 휴일 동안 일어난 일이었고 당장 다음 날인 월요일 아침, 아이는 어린이집에 가야만 했다. 그 머리를 하고 밖으로 나가면 모두의 이목을 끌 수밖에 없을 것이었다. 그렇지 않아도 이방인을 바라보는 호기심, 관심, 낯선 시선, 경계심 또는 무시하는 시선을 종종 겪고 있던 차였다. 아이를 잘 돌보지 않은 책임을 물을 수도 있고, 혹여나 우리가 아이를 방임하고 있다고 오해를 받게 되면 어쩌나 싶은 걱정이 들기도 했다. 밤에 잠도 잘 이루지 못할 정도로 다가오는 월요일 아침이 공포스러웠다.

머리를 여러 번 씻기고 말려도 특유의 뻣뻣함과 오일이 섞인 듯한 미끌거림은 없어지지 않았다. 오히려 점점 덕지덕지 엉겨 붙어갔다. 뭔가 해결을 하려 할수록 머릿결이 메말라져 엉망으로 변하고 있었다. 그런 모습을 보며 정말이지 나는 울고 싶은 심정이었다. 그 잠깐의 시간 동안 이런 일을 저질러 버린 저 천진난만한 영혼이 귀여우면서도 원망스러웠고, 이런 상황을 미리 막지 못했던 자신에 대한 책망과 후회가 밀려왔다.

낯선 이방인, 아이를 잘 돌보기나 할까, 문화인이기는 한가, 교육을 받은 사람이기는 한가, 뭘 알기는 하나…. 해외 생활을 시작한 후 얕보고 무시하는 시선을 경험한 적도 있다. 그 저변에 깔린 것은 편견과 차별이었다.

그런 이야기를 들은 적이 있었다. 이민자의 가정에 아이가 있으면 아동보호국은 그 가족의 환경과 문화, 그리고 아이의 양육 환경을 세심하게 살핀다는 것이다. 처음에는 걱정이 많았다. 혹시 정부 아동보호 기관이나 어린이집에서 오해를 할까 봐 불안했다. 낯선 땅에서 지내기 시작한 지 얼마 되지 않은 때였고, 모든 것이 낯설고 이런저런 근심 걱정도 많았다. 항상 행동을 조심했다. 겉으로 보이는 생활도 신경 썼다. 언어가 낯설어 오해를 살만한 행동을 하지는 않을지 세심히 살폈다. 낯선 곳에서 살아가니 더 준법적으로 생활하고 모범시민이 되어야 한다는 긴장감을 가지고 살아가던 시기였다.

그렇게 근심의 밤을 보낸 후 날은 밝았고, 나와 아이는 등원 길에 올랐다. 가끔씩 낯선 이들이 아이의 머리를 의아한 시선으로 쳐다보는 게 느껴졌다. 아, 나는 이제 정말 나쁜 엄마로 이 동네에 찍히겠구나…. 참담한 심정이 내 목을 죄어오는 듯했다. 정말로 그랬는지는 모르겠다. 하지만 적어도 내가 느끼기에 세상의 모든 시선이 내 아이의 떡지고 괴상한 머리에 고정된 듯했던 아침이었다.

바셀린 바른 머리

쪼그라들고 불안한 내 마음은 쥐구멍을 찾고 있었다. 저 낯선 외모의 여인이 아이를 방임했다는 식의 책망을 가득 받는 듯한 기분이었기 때문이다. 아이의 어린이집 교실에 들어섰을 때 아이, 부모, 선생님들 모두 아이의 머리를 보고 깜짝 놀라는 분위기였다. 하지만 걱정했던 것과는 다르게 유쾌하게 웃으며 대체 무슨 일이 있었던 거냐고 궁금해했다. 그리고 재미있는 해프닝을 겪었을 우리 두 사람에게 동정 어린 시선을 보내주고 있었다.

다행히 아이 머리에 엉겨 붙었던 바셀린은 몇 주에 걸쳐 조금씩 모두 사라졌다. 밤새 걱정했던 것이 무색하게 모든 일이 평소처럼 흘러가 줘서 그저 감사할 따름이었다. 집에 있는 바셀린을 볼 때면 지금도 가끔 아이의 머리에 바셀린이 잔뜩 발려 있던 그 순간이 떠오르고는 한다. 해괴하고 아찔하고 어처구니가 없어 웃음만 나던 상황을 생각하며 이제 혼자 싱겁게 웃고는 한다. 처음 낯선 곳에 와서 생활을 시작하던 순간의 긴장감과 낯선 감각을 되새기게 하는 바셀린. 이제 그 바셀린은 우리 집 서랍장 안쪽 깊숙한 곳에 있다. 더 이상 바셀린을 머리에 덕지덕지 바를 작은 손은 없지만, 그 일 이후의 생활 습관이 여전히 남아 있기 때문에 자연스레 몸이 그렇게 움직인다.

물건은 추억을 남기고, 때로 습관을 남기기도 한다. 그렇게 배우고 성숙해지며 우리 삶은 유연해진다.

난민 청소년 백 명

네덜란드의 작은 지방 도시의 한적한 동네가 어느 순간 갑자기 시끄러워진 적이 있었다. 옹기종기 모여있는 집들에 빙 둘러싸여 있는 그 동네 중앙 공원에는 오랜 세월 자리를 지킨 공공체육관이 하나 있다. 최근에는 노후한 시설 때문에 사용이 뜸해서 보수 공사가 예정되어 있던 건물이었다. 보수 공사 계획이 전해진 후 주민들은 새롭게 꾸며질 체육 시설에 대한 기대감을 키워가고 있었다.

그런데 지방 정부에서 주민들에게 갑자기 통보문을 발송해 왔다. 기대를 한 몸에 받고 있던 그 체육관 건물에 난민 청소년 백여 명을 당분간 수용할 계획이라는 내용이었다. 당연히 동네는 난리가 났다. 긴급회의가 이어졌으며 결사반대 비슷한 문구를 가진 플래카드가 동네 곳곳에 걸렸다. 난민 청소년들이 동네 분위기를 해칠 수 있다는 게 반대의 주요 이유였다. 임시라고는 하지만 난민 수용 시설로 그

체육관을 언제까지 사용하겠다고 확답을 주지 않는 것도 주민들의
불안감을 키웠다. 더불어 체육관에 난민 청소년들이 거주를 시작하게
되면 그동안은 체육관 보수 공사를 진행할 수 없다는 점도 불만
사항이었다.

다른 유럽 국가와 마찬가지로 네덜란드 역시 많은 난민을 수용해
왔다. 공공 시설물이나 사용이 뜸한 오래된 건물들은 대부분 난민을
위한 임시 수용 시설로 변경되고는 했다. 그러나 모든 도시에서
그런 공간을 확보하는 건 쉽지 않았다. 주민들은 이런 상황을 잘
이해하고 있었다. 이를 잘 알면서도 자신들의 주거 환경 한가운데에
난민 청소년을 수용할 수는 없다는 것이 동네 사람들의 기본적인
주장이었다.

지역 신문에서도 이 동네의 소식을 꽤 비중 있게 다루고 있었다. 그
소식을 본 사람들은 혹시 우리 동네에도 이런 문제가 생기면 어쩌나
하는 걱정을 했고, 한편으로는 그 동네 사람들을 동정하는 시선도
있었으며, 그 사람들의 지역 이기주의를 꼬집는 시선도 있었다.

그렇게 꽤 오랫동안 분란이 이어져 오던 어느 날이었다. 지역
신문에 그것과 관련된 새로운 소식이 실렸다. 난민 청소년 백여
명과 더불어 숙소가 부족해 힘들게 지내던 지역 대학의 대학생들을
위한 학생 기숙사를 그 건물에 함께 운영하기로 했다는 거였다.
그렇게 체육관 건물을 임시 거주 시설로 개조한 지역 정부는 지역

대학생들과 난민 청소년들을 함께 그곳에 입주시킬 수 있었다.

누구 하나 그 계획에 반대할 수 없었다. 소란은 잠잠해졌고, 계획은 순조롭게 진행되었다. 동네 주민들의 현실을 반영하지 못한 탁상행정이라며 쏟아지던 불만을 또다른 지역 사회 현안과 관련된 해결책으로 진정시킨 셈이다. 현실과 동떨어진 논의들에 대한 부정적인 시선을 담고 있는 말이 탁상행정이라면, 이런 탁상행정은 결과만 놓고 봤을 때 그리 나쁘지 않은 현실적 결론으로 이어진 듯했다. 탁, 하고 책상을 치게 만드는 행정이었다. 난 속으로 생각했다.

'이 동네 탁상행정 맛집이네.'

내 이웃들 소개

한 때 구조가 좀 특이한 집에 살았던 적이 있다. 그 집은 바깥 길가에서 집을 보면 이웃 집들과 좁은 통로를 사이에 둔 집들이 정면으로 나란히 놓인 것처럼 보인다. 하지만, 알파벳 L 모양으로 집 뒤편이 길고 정원이 집집마다 나란히 뒤쪽으로 길게 자리를 잡고 있다. 폭은 좁지만 길이가 긴 정원이 나무 담장을 사이에 두고 양 옆의 이웃집들 정원과 나란히 놓여 있는 셈이다. 집 뒤쪽 방의 정원을 향해 놓인 통창 앞에 앉아 있으면, 탁 트인 하늘 아래 정원 풍경이 그대로 시야에 담긴다. 그렇게 그곳에 앉아 푸른 하늘 한 번, 늘어져 있는 늦가을 나뭇가지들 한 번 바라보다 보면, 오렌지색 고양이 한 마리가 내 시야를 가로지른다. 그 여유로운 걸음걸이를 보고 있자면 마치 이 정원은 내 것이요, 라고 온몸으로 말하는 듯하다.

난 저 고양이 이름은 모르나, 하얀색 발등이 바닥을 누를 때마다 오렌지색 얼굴이 포송해 보여 진저라 부른다. 진저는 내가 앉은 곳을 기준으로, 내 왼편으로 두 번째 위치한 이웃집의 고양이다. 이웃해 있는 집들의 정원이 그리 높지 않은 나무 담장으로 나눠져 있으니 고양이는 손쉽게 이웃집 정원을 지나 우리 집 정원을 누비고는 한다. 소리 없이 움직이는 모든 것들은 내 심장을 들썩이게 한다. 그래서 나는 고양이를 그리 반기지 않는 편이었다. 처음에는 내 정원을 제껏인양 누리는 진저가 무서웠으나, 고양이보다 더 무서운, 쥐를 입에 문 진저를 몇 번 본 후로는 진저가 마냥 위대해 보인다. 그저 저 고양이와 입을 맞출, 고양이가 살고 있는 집의 내 이웃이 안타까울 뿐이다.

정원으로 난 통창 왼편 이웃집에는 재즈, 째즈가 산다. 우리 가족이 이 집으로 이사를 온지 얼마 안 되었을 때, 이웃이 보내온 카드에 대뜸 이름을 자랑해서 알게 되었다. 고불고불 부드럽게 이마를 덮고 있는 붉은 머리카락을 가진 재즈는 프랑스에서 온 예술가인데, 정원 끝에 있는 창고에서 가끔 재즈를 크게 틀어놓고 작업을 한다. 정원 높이 솟아 있는 나무들 사이로 재즈 멜로디가 바람을 타고 내 귀로 흘러들 때면, 재즈가 창고에서 자유롭게 예술 작업을 하고 있다는 의미다. 재즈는 째즈라 불리는 딸이 있는데, 둘의 전체 이름이 어떤 지는 모르겠지만 아빠와 딸의 처음 시작되는 이름 부분이 같다. 둘의 이름이 같으나 그 외모에서 풍기는 느낌의 차이에 따라, 나는 재즈와 째즈라고 그들을 부르는 이름을 구별하기로 했다.

내가 앉은 모양 기준으로 내 오른편에는 황갈색 건초로 지붕이 덮인
오래된 저택이 이웃해 있다. 둥그런 지붕 모양 및 하얀색 벽과 나무로
짜인 둥글고 작은 창틀 덕분에 동화 속 집 같은 분위기를 갖고 있다.
그리고 그 동화 속 집 같은 집과는 매우 다른 질감의, 복싱 체육관
관장님이 그 집에 산다. 초겨울 처음 그 이웃집에 인사를 갔을 때는
연로한 할머니 한 분만 살고 계셨다. 어둡고 추운 겨울 동안 할머니는
세상을 떠나셨고, 봄이 된 후 할머니의 막내 아들인 복싱 체육관
관장님이 저택 정원 한켠에 위치한 창고에 체육관을 운영하며 그
집에서 지내기 시작했다.

체육관은 일반적으로 운동을 하러 오는 회원들을 위해 늘 열려 있는
공간이었고, 우리 집과 정반대 방향 골목에 입구가 있어 내 일상의
흐름에 별다른 소식을 가져다 주지 않는다. 하지만 특이한 소음으로
내 이웃한 동화 속 집 같은 집의 창고에 복싱 체육관이 있다는 걸
깨닫게 되는 날이 있다. 복싱 체육관 관장님은 수요일 저녁마다
고택에 딸린 창고에서 격투기 레슨을 하기 때문이다. 수요일 저녁이
되면 열어둔 창문 틈으로 으랏차, 우아핫 같은 우렁찬 함성들이
끊임없이 들려온다. 바닥에 큰 몸집들이 꽂혀 떨어지기라도 하는지,
가끔은 쿵쿵 바닥이 울리는 느낌까지 전해지고는 한다.

재즈의 재즈와 우리 집 정원의 내 집 고양이가 아닌 진저, 복싱 체육관
격투기 함성. 그 모든 것이 일상에 나란히 놓인 내 집의 이웃들이다.

그 남자의 자유로운 뒷모습

네덜란드에서 자전거를 타고 가다 보면 보기 좋은 풍경도 만나지만, 그렇지 못한 풍경 또한 종종 만나게 된다. 그중 하나가 내 앞에서 자전거를 타고 가는 이름 모를 남자의 자유로운 뒷모습일 때는 난감함을 감추기가 쉽지 않다.

밋밋함 때문인지, 아니면 허리가 너무 낮은 바지를 입은 탓인지…. 여러 가지 이유가 있겠으나 한참 밑으로 내려간 바지는 그 하얀 둔덕을 가끔은 보이게도 만든다. 달리며 스치는 바람에 분명히 허전함을 느낄 법도 한데 뒷모습이 헐렁한 본인은 별 느낌이 없나 보다. 아니면 별 상관을 하지 않는 것일까. 그냥 그렇게 유유히 자전거를 타고 가는 모습이다.

뒤에 있는 나만 눈을 어디에다 둬야 할지 모르겠고, 빨리 눈앞의 자전거가 다른 방향으로 길을 틀어 사라져 버리기를 바라게 될 뿐이다.

몸을 빠르게 움직일 때는 앞을 보고 갈 수밖에 없다. 그렇기에 간간이 옆으로 돌렸던 시선을 다시 앞쪽으로 돌리면 둔실둔실 움직이고 있는 모습이 눈에 들어온다. 여유롭게 자전거를 타고 가는 모습을 보고 있자면 혹시 저런 자유로움을 즐기는 중인가 싶은 의심마저 들기도 한다.

티셔츠에 바지 하나로 다니는 따뜻한 날씨가 되면 이런 자유로운 뒷모습으로 자전거를 타고 가는 사람들을 더 자주 보게 된다. 꼭 자전거를 탈 때가 아니더라도, 무릎을 굽히고 쭈그려 앉아 뭔가를 할 때도 그런 자유로운 뒷모습을 보이게 될 수 있다. 어린 자녀를 도와주기 위해 무릎을 구부리고 앉아 끙끙대는 어느 아빠의 그런 자유로운 뒷모습을 보게 될 때는 민망한 마음도 들지만, 그 애처로움에 가려주고 싶을 때도 종종 있다.

워낙 흔한 풍경이니 이런 일 정도는 사람들이 별로 신경을 안 쓰는 줄 알았는데 그건 또 아닌 듯하다. 그렇게 반 정도 내려간 모양새로 둔실둔실 자전거를 타고 가는 뒷모습을 보게 될 때면 모두의 표정이 비슷하기 때문이다. 근처에서 자전거를 타는 대부분의 사람들이 민망해하는 표정을 짓거나 슬며시 웃기도 한다. 그래도 보통은 다들 못 본 척 넘어가 주는 모양새여서 나도 그런가 보다 하고 넘기며 최대한 못 본 척하려 노력한다.

그런데 아이의 학교에서 이와 비슷한 일로 일이 하나 생긴 적이 있었다. 한 아이가 앉아 있었는데 어쩌다 보니 그 뒷모습이 조금

　　　　　　　　　　그 남자의 자유로운 뒷모습

자유로웠나 보다. 짓궂은 상급생 아이 하나가 그 뒷모습 사진을 찍어 학급 그룹 채팅에 올렸고, 그게 학교 전체에 퍼진 거였다. 뒤늦게 친구를 통해 이 사실을 알게 된 그 아이는 그날 수업도 끝내지 않고 선생님에게 말도 하지 않은 채 집으로 가버렸다고 했다. 그렇게 며칠을 결석한 아이는 다행히도 별일 없이 다시 학교로 돌아왔다. 첫날 아이가 집으로 가버린 후 반 친구들은 모두 그 아이를 걱정하고 메시지를 보내 위로해 주었다고 한다. 그런데 좀 흥미로운 게 며칠 후 아이가 학교로 돌아왔을 때는 모두 약속이라도 한 듯 그 일에 대해 더 이상 아무도 언급하지 않았다고 했다.

자전거를 타고 가며 자유로운 뒷모습을 우연히 보게 되었을 때 못 본 척하는 것처럼 학교의 아이들도 그 일을 모르는 척, 없었던 일인 척한다. '당신 바지가 너무 내려가서 뒤가 다 보여요.'라고 말해주는 사람은 없다. 본인의 일이 아니면 그리 상관하지 않고 무심한 듯 넘기는 이들의 태도가 잘 드러나는 대목이다. 그리고 또 한 가지, '너에게 그런 일이 있었던 걸 우린 모두 알고 있고 기억할 거야.'라고 말하며 굳이 친구의 상처를 헤집는 이들도 없다. 타인의 불편한 상황을 무심한 듯 넘기며 나름의 방식으로 위로해 주는 그들만의 삶의 태도가 아닐지.

가끔은 타인이 불편할 수 있는 상황이라면 그냥 넘어가 줄 수 있는 무심한 매너가 필요할 때도 있다.

미안하다는 말이 낯설어

내 개인적 경험에 비추어 보면 일반적으로 네덜란드 사람들은 일상생활에서 미안하다는 사과의 표현을 잘 하지 않는다. 설령 자신이 진짜 잘못했을지언정 사과를 직접적으로 하지 않고 에둘러 다른 표현으로 넘어가려 하는 것을 종종 볼 수 있다. 본인이 실수나 잘못을 저지른 게 명백한 경우에도 당당하게 그 상황을 넘어가는 게 자연스러워 보일 정도다. 물론 생활 속 기본 매너를 지키며 상황에 대한 양해를 구하거나 애석함을 표현하기도 한다. 하지만 잘못을 인정해야 하는 순간에는 당혹감을 숨기지 못하는 모습이다. 이런 태도는 서비스를 제공하는 직원에게서도 흔히 볼 수 있다. 개개인의 성향 차이로 이해해 볼 수도 있지만 사과를 해야할 만한 상황을 판단하는 관점이 다른 문화적 차이일 수도 있다.

중국에서 한 요구르트 디저트 가게에 들렀던 적이 있다. 내가 물건값을 현금으로 계산하려고 하자 계산대의 어린 직원은 미안함을 표현하며 휴대폰 전자결제만 가능하다고 안내를 해왔다. 그런 과정에서 그 직원은 내게 중국어로 미안함과 유감스러움을 표현하는 의미의 '부하오이쓰不好意思'라는 말을 네 번이나 이야기했다. 오랜만에 그런 태도를 접한 나도 매우 의아했으나 내 아이들도 나와 비슷한 감정을 느낀 듯했다. 그 직원이 이런 작은 일로 미안하다는 말을 몇 번 말한 것에 매우 놀라워했다. 그도 그럴 것이 네덜란드에서는 누군가 이런 일로 미안하다고 말하는 것을 거의 본 적이 없었기 때문이다.

십 년 전 중국을 방문했을 때 화장실에 제대로 된 문이나 잠금장치가 없어 충격을 받았던 적이 있다. 그리고 이번 요구르트 가게 직원과의 경험은 아이들에게 또 다른 문화적 충격을 안겨 주었다. 별것 아닐 수 있는 일이지만, 문이 없거나 잠기지 않는 화장실과 미안하다는 말을 늘 사용하는 서비스 제공자는 비슷한 정도의 문화적 이질감을 느끼게 할 수도 있다.

이게 이렇게까지 할 일인가…. 네 번의 부하오이쓰를 접하고 나니 한국에서 나고 자라 고객을 우선시하는 서비스 마인드에 익숙한 나도 조금 의아한 마음이 들었다. 네덜란드의 거만한 듯 당당한 서비스직 직원들의 태도에 이미 익숙해진 탓인지, 이런 서비스 마인드를 갖춘 태도가 조금 낯설었다. 이게 이렇게까지 할 일인가 싶은 생각이 드는 건 어쩔 수 없는 일이었다. 네덜란드에서 만약

미안하다는 말이 낯설어

같은 상황이었다면 어땠을까 싶은 생각이 들었다. 현금 결제가 안 되고 모든 결제가 전자 결제로만 이뤄지려면 네덜란드는 아직 한참 멀었으니 이와 같은 상황을 상상해 보는 게 우선 쉽지는 않다. 하지만 만약 같은 상황이었다고 해도 직원이 결제 문제 때문에 미안해하는 듯한 표현이나 태도를 보이는 일은 아마 없었을 것이다. '아니, 오직 전자 결제만 가능해요!'라고 그냥 당당히 직접적인 표현으로 상황을 설명하고 계산을 종용하고 말았을 일이다.

생각하기 나름이고 문화에 따라 그 생각이 달라질 수 있다. 미안하다고 말하는 순간 실수든 잘못이든 인정하는 듯한 분위기가 감돌게 된다. 그러면 그 말을 한 사람이 책임져야 하는 상황이 될 수 있다. 그러므로 네덜란드의 경우처럼 미안하다 혹은 유감이다 등의 표현을 쉽게 사용하는 것을 낯설게 여길 수도 있을 듯하다. 중국의 경우, 개인의 판단보다는 좀 더 사회적인 교육의 결과와 연관되어 있을 수도 있다는 생각이 든다. 실수나 옳고 그름의 여부를 떠나 유감스러운 상황에 맞게 감정을 표현하는 것이 잘 발달한 사회성이라는 가르침을 받고 자란 경우가 대부분일 것이기 때문이다.

추구하는 이상적인 생활상이 다를 수 있기에 이런 문화적인 차이도 있을 수밖에 없다는 생각이 든다.

이렇게 알게 되어도

이유 없이 피곤함이 이어지고 몸에 힘이 없어 네덜란드에서
홈닥터*를 만난 적이 있었다. 내 설명을 들은 홈닥터는 혈액 검사를
권했다. 그리고 검사 결과 내게는 먼지 알레르기와 가벼운 빈혈
증상이 있었다. 홈닥터는 먼지 알레르기에 대해 내가 이미 알고
있었는지 물어왔고, 나는 전혀 모르고 있었다고 말했다. 이제야 가끔
이어지던 재채기와 기침 증상이 이해가 간다고 대답하자 홈닥터는
이게 다 자기 덕분이라고 했다. 본인이 검사를 제안했으므로 내가
인생에서 모르고 지나칠 뻔한 알레르기 증상을 찾아냈다는 거였다.
아무래도 홈닥터는 그 사실에 엄청 만족스러워하는 듯했다. 자기
덕분에 혈액 검사를 해서 이 모든 결과를 알게 되었으니 잘된
일이라고, 같은 자리에서 몇 번을 되뇌는 홈닥터의 얼굴이 굉장히
뿌듯해 보였다. 그런 홈닥터의 표정을 보며 나는 다양한 감정을

* 개인이 등록된 동네 가정의

느꼈다. 그러나 한편으로는 그 덕에 이렇게 알게 되어 좋은 일이라는 생각도 들었다. 심각한 증상도 아니었으니까, 그저 좋은 일이라고.

한 달 기한의 체류비자를 네덜란드에서 발급받아 중국에 입국했다. 그 기한 동안 거주증 발급을 받아야 하기에 입국 후 서류 절차를 바로 시작했다. 그 절차 중 하나가 중국 정부 기관에서 진행하는 신체검사를 받는 일이다. 신체검사를 하기 전 다섯 시간 동안 물 외에는 아무것도 먹으면 안 된다고 해서, 무슨 검사 항목이 포함되어 있길래 그러나 의아한 마음이 들었다. 아침 일찍 검사가 진행되는 건물에 가보니 내국인과 외국인으로 이미 장소는 북적이고 있었다. 가운으로 갈아입고 소지품은 사물함에 넣은 후 검사 장소로 옮겨갔다. 다양한 기초 검사와 함께 초음파, 엑스레이, 심전도 검사까지 진행한 후 며칠 뒤 검사 결과지를 받았다. 이 검사 결과지와 한 달 동안 거주 중인 주소지에서 발급된 확인증 등을 가지고 관련 정부 기관 사무소에 방문했고, 그곳에서 사진을 찍고 신청서를 제출한 후 거주증 발급 신청 서류 절차를 완료했다.

신체검사 결과에 특이 사항이 없어 별 무리 없이 모든 서류의 접수를 끝낼 수 있었다. 그런데 신체검사 결과지의 뒷면을 보고 나는 당황스러움을 느낄 수밖에 없었다. 혈액 검사 결과지를 보니 몇 해 전 네덜란드 홈닥터와 확인했던 검사 결과지가 떠올랐기 때문이다. 빈혈 증상이 완화된 줄 알고 지내고 있었는데, 상황이 그리 좋아 보이지

않았다. 그때 당시에는 홈닥터의 권유로 철분제를 추가로 먹고,
철분이 많이 함유되어 있는 말린 다델Dadel을 꾸준히 먹어 상태가
좋아졌었다. 다델은 한국어로 대추야자로 불리며, 북아프리카나
중동지역에서 주로 나는 과일이다. 말리면 달고 쫀득해진다.
네덜란드에서는 튀르키예 식품 코너를 통해 익숙해진 식품이다.

　검사를 받는 당일에는 이렇게까지 검사를 하는 게 필요한가
싶었는데, 결과적으로 그런 절차 덕분에 내 몸 상태에 대해 알게
되는 계기가 되었다. 결과지를 보며 이번에도 나는 다양한 감정을
느꼈지만, 새로 이사온 곳에 머물기 위한 신체검사 덕분에 이렇게
알게 되어 좋은 일이라고 여겨졌다. 번거롭게 느껴져 속으로
투덜대던 마음이 검사 결과지를 보며 눈 녹듯 사라짐을 느꼈다.
그냥 모르고 지냈으면 상황이 더 안 좋아졌을 지도 모르는 일이니,
이런 우연한 기회에 주의를 기울여 건강을 돌보게 된 게 다행이라는
생각이 들었다. 심각한 증상도 아니니, 이렇게 알게 된 게 좋은
일이라고.

　　　　　　　　　　　　　　　　이렇게 알게 되어도

중국 생활 구원투수 앱

오래전 처음 중국을 방문했을 때, 나는 스마트폰을 갖고 있지 않았다. 종이 지도를 펼친 채 길을 찾아다녔고, 길가에서 파는 생소한 먹거리들을 호기심 어린 마음에 먹어 보고는 했다. 그때 당시에는 길에서 먹을거리를 파는 좌판도 많았고, 추를 올려 재는 저울에서 과일 등의 무게를 재서 값을 흥정 후 현금을 냈었다. 지금의 중국은 스마트폰이 없으면 거의 모든 일상생활이 불가능할 정도다. 네덜란드에서는 실수로 휴대폰을 집에 놓고 나가도 하루 종일 마음이 답답한 점을 제외하고는 그럭저럭 일상생활을 해나갈 수 있었던 것과 크게 대조되는 모습이다.

스마트폰으로 모든 생활이 이뤄진다고 해도 과언이 아닌 현재 시점의 중국 생활에서, 나는 시대의 흐름에 맞춰 스마트폰에 일상생활과 관련된 앱들을 설치해 매우 유용하게 잘 사용하고 있다. 같은 장소이지만 시간의 흐름에 따라 생활 모습은 달라졌고, 그

장소에 있는 나도 결국은 그에 맞춰 변화해야 한다.

종이 지도를 들고 여행 목적지를 찾아다니던 시절에는 길거리에서 마주치는 사람이나 상점 직원들에게 끊임없이 길을 물으며 방향을 확인했었다. 요즘은 스마트폰 지도 앱을 이용하는데, 자동으로 내 위치를 인식한 앱에 목적지의 주소를 입력하면 내가 움직이는 방향과 목적지까지의 거리를 알려줘서 매우 편리하다. 하지만 폰을 보며 길을 찾느라 길거리 풍경을 볼 기회가 그만큼 줄어들었고, 길에서 마주치는 현지인들에게 길을 물으며 자연스레 대화할 일도 없게 되어버렸다. 이제는 생소한 용어에 대해 사람들에게 물어보는 대신 번역 앱을 내려받아 정말 유용하게 사용하고 있다. 각자의 언어를 모르는 사이끼리도 서로의 얼굴에 스마트폰을 들이대면 실시간으로 말하는 언어가 번역이 되어 대화가 가능하다. 말이 통하지 않는 사이라는 걸 아는 순간, 입 앞에 스마트폰을 갖다 대고 말을 한 후 상대에게 들려주거나 화면을 보여주면 된다. 말이 통하지 않던 멀고 먼 사이에서 서로 대화가 통하는 사이가 된 순간, 두 사람의 모습은 극적으로 친밀해진다. 낯선 곳에 와있는 타인은 자신의 현재 위치와 가야 할 목적지를 정확히 인지하지 못하는 것과 더불어 언어 장벽 때문에 택시를 잡는 일도 쉽지 않았다. 지금은 스마트폰 앱이 자동으로 내 위치를 인식하고 목적지까지 갈 수 있는 주변의 택시를 연결해 줘 택시비 흥정도 할 필요가 없어졌다. 길에서 택시 하나 잡는

중국 생활 구원투수 앱

게 쉽지 않았던 예전을 생각하면, 스마트폰 하나가 이렇게나 생활을 편리하게 해 줄 수 있다는 사실에 새삼 놀라게 된다.

지금 다시 중국에서 생활을 해나가다 보니 예전의 내 경험에 비춰보면 세월의 흐름을 고려한다 쳐도 그 생활 모습이 너무나도 많이 달라졌음을 생생히 느끼게 된다. 지역 정부의 정책이나 법규도 많이 바뀌었음을 느낀다. 길거리에 좌판을 펴고 음식을 만들어 파는 모습도 찾아보기 힘들고, 과일이나 제품을 길에서 팔거나 개인이 자전거 등을 이용해 매대를 이곳저곳 옮겨가며 판매하던 모습도 내가 지내고 있는 도시에서는 더 이상 눈에 띄지 않는다. 지역마다 그 정책이 다르다고 하니, 멀리 어느 지역에는 그 풍경이 아직 남아있으리라 소망해 본다. 실제로 도시를 조금 벗어난 외곽 지역으로 나가거나 소도시 작은 마을로 접어들면 여전히 바구니에 담긴 과일과 채소를 바닥에 놓고 팔고 있는 모습을 종종 볼 수 있다. 시간이 흘러 판매하는 사람들의 몸 매무새도 다르고 그들의 배경이 되는 거리 풍경도 다르다. 그럼에도 지금의 풍경에 추억을 덧대어 음미해 봄으로써 마음속 향수를 달래어 보고는 한다.

어디가 더 안전한 도시

우연히 만난 한 영국인과 잠시 대화를 나누게 된 적이
있었다.

우리가 중국에 온 지 이제 겨우 며칠째라고 말하자, 그녀는 이미
중국에서 십 년 넘게 생활 중이라며 미소를 지었다. 이미 모든 것을
충분히 잘 알고 있는 자의 여유 있는 미소였다. 그러면서 그녀는
우리가 네덜란드에서 지내다 왔다고 말하자 그 반응이 의아하게
느껴질 정도로 굉장히 반가워했다. 그런 반응이 좀 특이하다고
느꼈지만, 조금 후 그녀의 설명을 듣고 나니 그 심정이 충분히 이해가
됐다. 그도 그럴 것이, 그녀의 외동딸이 작년에 고등학교를 졸업 후
네덜란드에 있는 대학으로 유학을 갔다고 그녀에게 이유를 들었기
때문이다. 그녀로서는 네덜란드라는 이름만 들어도 딸 생각이 나서
반가운 마음이 가득했던 거였다. 내가 그녀라도 이런 이유라면 그
대상이 무엇이 됐든 그녀처럼 반가워했을 듯했다.

그녀가 딸의 네덜란드 유학 이야기 끝에 꺼낸 말이 인상적이었다. 딸이 안전한 중국 도시에서 생활하다 네덜란드 도시로 가서 걱정이 많이 된다고 말했기 때문이다. 안전하고 편리한 지하철을 이용해 도시 곳곳을 자유롭게 돌아다니며 생활하던 아이가 네덜란드에 가서 잘 지낼지 걱정이 된다는 거였다. 순간 순조롭게 흐르던 내 생각의 흐름이 주춤할 수밖에 없었다. 고개를 갸우뚱할 만한 일이었다. 그녀는 중국 도시를 안전한 도시라고 했고 네덜란드 도시가 딸이 지내기 안전할지 걱정된다고 했다. 중국에 오기 전, 솔직한 마음으로 나는 그 반대로 생각하며 중국에 아이들을 데리고 오는 게 과연 괜찮을지 걱정을 했었다. 그랬기에 이 부분에서 내 마음속 사고 회로는 덜그럭거릴 수밖에 없었다.

그녀의 딸이 지내고 있는 곳은 다양한 나라의 사람들이 모여들고 있는 도시로, 최근 들어 네덜란드 내에서도 각종 사회 이슈가 부각되는 도시다. 네덜란드는 늘어나는 범죄율로 인해 언젠가는 경찰 인력이 부족해질 수도 있기에 도시 곳곳에 CCTV를 설치하는 것을 두고 고심 중이다. 개인의 자유와 공공 안전을 두고 갈등하고 있지만, 결과적으로는 네덜란드도 점차 도시 중심가를 필두로 CCTV의 설치가 늘어가는 모양새다.

중국의 공원에 있는 공공 체육 시설물이나 벤치 등은 놀라울 정도로 깨끗이 유지되는 모습이다. 네덜란드의 내가 살던 동네에서는 해 질

무렵 불량 청소년들이 놀이터에 모이는 게 문제가 되자, 정부에서 그 놀이터의 모든 벤치를 없애버리고 그늘진 곳을 만드는 식물들을 모두 정리하는 것으로 문제를 해결한 적이 있었다. 중국 대로변에 놓인 자전거나 스쿠터에 자물쇠를 달지 않아도 그대로 그 자리에 남겨져 있는 것도 놀랍게 느껴지는 부분이다. 공간 곳곳에 있는 CCTV나 보안 시스템이 도움이 되는 것일 듯하다. 네덜란드였다면 어땠을지 한 번 생각을 해보았다. 네덜란드에 외동딸을 유학 보낸 엄마가 나에게 이런 문제로 질문을 해온다면, 유감스럽지만 당신 딸이 잃어버린 컴퓨터나 휴대폰, 자전거는 다시 되찾을 수 없으며 경찰에 신고를 해도 돌려받을 가능성은 거의 없다고 말해줘야 할 것이다. 길에 좋은 자전거를 세워두면 아무리 이중 삼중으로 잠금장치를 해도 하룻밤 사이에 잃어버릴 가능성이 있으니 자전거 보험을 꼭 들어두거나 좋은 자전거를 사지 말 것을 권장한다고 말해줄 수밖에 없다.

이와는 조금 다른 관점의 영역들을 생각해 본다면, 그와 반대로 네덜란드의 도시가 오히려 안전한 곳이라는 생각이 들 수 있는 부분도 있다. 사생활의 보호나 개인의 자유를 중요시하고 존중해 주는 부분이 바로 그것이다. 네덜란드의 학생들은 학교나 강의실에서 누구와도 동등한 관계로 자유롭게 토론할 수 있다. 또한 개인 의사를 당당히 표현할 수 있는 네덜란드 분위기는 개인이 안정감 있는 사회관계를 구축하는 데 도움이 될 수 있다.

중국의 번화가 거리는 보통의 경우 굉장히 환하게 느껴진다. 네온사인도 화려하고, 조명도 눈부시게 빛난다. 너무 밝은 빛이 눈의 피로도를 높인다고 걱정할 수도 있고, 밝은 조명 덕분에 늦은 밤길을 걸어도 안전하다고 생각할 수도 있다. 네덜란드의 조명은 어둡다고 느낄 정도의 은은한 불빛이 밤거리를 비춘다. 늦은 밤 산책길은 어둡게 느껴질 수밖에 없다. 은은한 조명이 아늑한 분위기를 돋아준다고 좋게 생각할 수도 있고, 침침한 어둠을 재촉하는 어두운 조명이 안전을 위협하는 불안 요소로 느껴질 수도 있다.

안전함과 위험함의 기준은 결국 개인이 중점을 두는 부분에 따라 달라질 수밖에 없다는 생각이 든다.

낯설어도 괜찮은 도서관

시내를 하루 관광하는 일정이 남아있다며 우리 가족의 중국
생활 정착을 도와주고 있는 L에게 연락이 왔다. 더운 여름 날씨에
관광지를 돌아다닐 엄두가 나지 않아 차일피일 미루던 일이었다.
하지만 L 역시 회사와의 입장이 있을 것이고 얼른 이 남은 업무를
끝내줘야겠다는 생각에 우리 가족은 L이 이끄는 대로 시내 관광지를
둘러보기로 했다.

특별히 가고 싶은 곳이 있는지 물어오는 L에게 나는 도서관에 가는
일정을 넣어달라고 말했다. 이제 거주증이 나왔으니 도서관 회원증을
만들고 책을 빌려보고 싶었기 때문이다. 도서관 얘기를 듣는 L의
표정이 석연찮았지만, 시내 관광지를 둘러보고 도서관에 가는 것으로
일정을 정했다. 네덜란드의 여름은 특별히 더운 며칠을 제외하고는
보통 시원하고 선선한 날씨가 대부분이다. 선풍기가 없이도 여름을
지낼 수 있을 정도로 덥지 않은 여름을 보내는 날이 많았기에, 우리

가족은 땅이 달구어지는 듯 강렬한 열기로 가득한 중국 대륙의
여름 날씨에 아직 적응을 하지 못하고 있다. 조금만 걸어도 지치게
되는 중국 여름 날씨 덕분에 시원한 에어컨 바람이 가득한 실내를
찾아다니는 중이다.

　그럼에도 시내 관광지의 풍경과 길거리 상점 소품들은 우리의
시선을 끌어당기기에 충분했다. 긴 세월 동안 남아서 고유한 자태와
우아한 아름다움을 뽐내는 건축물들은 언제 보아도 감탄을 자아내는
법이다. 더위에 흐르는 땀을 닦아내면서도 한 번 더 눈길을 주고
사진을 찍을 수밖에 없게 만든다. 오랜 역사를 자랑하는 장소들이
현대 문명과 어우러져 새로운 문화를 가꿔가는 장소 또한 방문하게
됐다. 이름만 들으면 알만한 브랜드들이 곳곳에 어우러져 다양한
문화의 융합을 느낄 수 있고, 시공간을 초월해 오랜 전통과 새로운
문화의 흐름이 조화롭게 머무르며 독특한 분위기를 자아내고 있었다.
내가 그곳에 있는 상점들을 바라보다 조용히 걸음을 옮겨 거리를
거의 벗어날 즈음, L은 아직 시간이 많으니 원하면 상점에 들어가서
쇼핑을 해도 된다고 말해왔다. 나는 그런 L에게 조용한 웃음을
건네며 괜찮다는 뜻을 전하며 그 거리를 벗어났다. 이런 나를 보며
L은 묘연한 표정을 지어 그 뜻을 궁금하게 만들었다. 아마 L이 이
거리를 함께 걸어줬던 다른 가족들은 이곳에서 쇼핑을 즐겼을 수도
있을 듯했다. 개인적인 관심의 차이는 어쩔 수 없는 일이다. 더군다나

소소한 물건들에 눈길이 더 가는 요즘이기도 하다. 나로서는 그 상점들의 화려한 물건들을 보고 있자니, 다음 일정으로 방문할 도서관의 풍경이 점점 더 궁금해져만 가고 있었다.

관광지를 둘러볼 때는 자신 있게 앞장서서 걷던 L이 도서관 건물에 들어선 순간부터 왠지 모르게 한 걸음 뒤로 빠져서 서 있는 게 느껴졌다. 도서관 회원증을 만들기 위해 안내 데스크에 선 순간부터 내내 그랬다. 다행히 도서관 안내 직원이 유창한 영어로 친절히 우리의 회원 가입 과정을 도와줘서 도서관 회원증을 무사히 만들 수 있었다. 그런 과정 중에서 L이 왠지 모르게 낯선 표정으로 서 있는 게 의아해서 조심스레 물어보았다. 도서관에 자주 오냐고. 그랬더니 이 도시에서 태어나 지금껏 생활하고 있는 L은 이 도서관에 처음 와봤다고 했다. 도서관이 낯설어서 처음부터 그렇게 소극적인 자세를 취했던 거였다. 이유를 듣고 보니 이제야 L의 도서관과 연관된 모든 달라진 태도가 이해가 됐다.

나만큼이나 도서관 방문을 기다리고 있던 아이들은 도서관에 처음 와봤다는 L의 말을 듣고는 눈이 동그래졌다. 꽤 많은 사람들이 도서관과 그리 친하게 지내지 않을 수도 있다고 답해주자 그제야 수긍하는 분위기다. 이런 말을 하는 당사자들은 잘 기억을 못 하겠지만, 아이들은 어렸을 때 도서관에 가는 것을 굉장히 지루해하고 싫어했었다. 글을 읽기 전뿐만 아니라 글을 읽기

     낯설어도 괜찮은 도서관

시작하고 나서도 도서관에 5분 이상 있기를 싫어했던 시절이 있었다. 그래서 도서관과 아이들이 친해지게 하기 위해 참 많은 노력을 기울였다. 나는 여러 방법을 시도하며 노력하던 그 시간들이 떠올라 놀란 표정을 짓는 아이들을 향해 웃음을 지을 수밖에 없었다.

도서관 건물은 수수했고 오래된 시립도서관 특유의 분위기와 책 냄새가 나는 곳이어서 내 마음을 편안하게 했다. 도서관은 내게 있어 세상에서 제일 안전한 곳이고 편안한 장소이며 마음 놓고 숨을 쉴 수 있는 공간이다. 새롭게 정착한 도시에서도 이제 이런 공간을 이용해 갈 수 있도록 길을 터 뒀으니, 낯선 도시가 조금 더 친밀하게 느껴지고 마음이 든든해짐을 느낀다. 언제든지 마음이 헛헛할 때마다 도서관에 가서 책장 사이를 걸으면 될 일이고, 자유롭게 꺼내 든 책 한 권을 손에 잡고 의자에 앉아 읽어가다 보면 나는 이 도시에 자연스럽게 스며들어 보통의 주민처럼 지내게 될 것이다. 서가에는 오래된 책들도 많았고, 신간들도 꾸준히 들어오는지 새로 출판된 책들도 많았다. 여러 언어권의 책이 많아 다행스럽게 느껴졌고, 그중에는 다양한 분야를 다루고 있는 한국어로 된 책들도 꽤 많이 있어 반가웠다. 다른 책들과 함께 한국어로 된 책 몇 권을 대출해서 도서관 건물을 나서는 마음이 풍요로워져 얼굴에 떠도는 미소를 감추기 어려울 정도였다.

어느 곳을 가든 새로 터를 잡은 곳에서 보통 내가 제일 처음 하는

일은 근처에 있는 도서관을 찾아보는 것이다. 머무는 곳 근처의
도서관들을 찾아보고 가능한 방법이 있다면 회원증을 만들어 꾸준히
방문하고 이용하려고 노력한다. 그렇게 지역 도서관을 오며 가며
낯선 곳에도 익숙해지고 도서관 게시판에 붙여져 있는 지역 소식들도
눈여겨보며 정보도 얻는다.

　이방인이 이방인처럼 지내지 않으려면 낯선 도시의 도서관과
친해지는 것만큼 좋은 방법이 없다.

거리의 불빛은 리듬을 타고

해가 저물어도 대지를 달구던 열기는 쉬이 가라앉지 않는다. 더운 공기를 머금고 불어오는 바람은 땀을 식혀주지 못하고 숨이 차게 한다. 그래도 밤이 되면 그 열기가 조금 식어들 터였다. 낮 동안 집 밖에 나올 엄두를 내지 못하고 있던 어르신들은 어둠이 스며드는 거리로 밤마실을 나선다. 길거리 곳곳에 부채를 나부끼며 앉아 계신 분들도 있고 공원에 옹기종기 모여 수다 꽃을 피우는 분들도 있다.

어둠이 점점 짙어질 즈음의 중국 공원 광장에서는 음악을 틀어 두고 다 같이 모여 율동을 따라 하는 무리들을 종종 보게 된다. 낮에도 길을 지나다 보면 공원 곳곳에서 스포츠 댄스를 함께 추거나 중국 전통춤을 함께 연습하는 모습을 가끔 볼 수 있다. 예전에 진시황의 병마용을 보기 위해 지방 도시에 들른 적이 있다. 그곳에서 머문 호텔 앞 광장에는 이른 아침부터 음악을 크게 틀어 둔 채 몇십 명의 사람들이 타이치를 함께 연습하고 있었다. 그 광경은 잠에 취한 눈에도 굉장히 웅장해 보였으며 감탄을 자아내게 했다.

저녁 시간에 동네 중심가를 걷고 있는데 길가 의자마다 할아버지 할머니들이 곳곳에 모여 앉아 계신 게 눈에 띄었다. 더위를 피하고 계신가 싶었지만, 그러기에는 길가의 열기가 아직 너무 후덥지근했다. 의아한 마음으로 그분들을 지나쳐 내가 향해야 할 곳으로 걸음을 재촉했다. 돌아오는 길에 다시 그곳을 지나치게 됐는데, 그제야 더위를 참아가며 노인분들이 그 자리를 지키고 앉아 있던 이유를 알 수 있었다.

그분들이 모여 앉아 계시던 곳은 맥도날드 앞이었다. 나는 반대편 길을 걷고 있었는데, 쿵작거리는 음악 소리가 들려와 길 건너편 거리로 시선이 향했다. 노란색 로고가 빛나는 패스트푸드점 앞, 주변보다 조금은 넓게 열려있는 공간에서 경음악을 틀어 두고 두 분씩 짝을 지어 춤을 추고 계셨다. 어둠이 내려앉은 거리에는 가게에서 흘러나오는 노란 불빛이 적당히 경쾌한 조명을 밝혀주고 있었다. 상대방의 얼굴이나 몸짓이 보일 정도의 밝기면 될 일이었다. 길을 지나는 사람들도, 맥도날드에 들어가고 나오는 사람들 누구도, 그분들의 댄스 열정에 얼굴을 찡그리지 않는 모습이었다. 그분들이 그곳에 모여 음악을 틀고 춤을 추는 모습이 노란색 로고에 생명력과 활기를 불어넣어 주는 것처럼 느껴질 정도였다. 어둠이 내려앉아 죽어가는 거리를 살려내며 경쾌한 분위기를 자아내는 모습이 노란색

   거리의 불빛은 리듬을 타고

M의 불빛과 묘하게 잘 어우러지고 있었다.

내가 경험한 바에 의하면, 중국 음식점이나 카페에서는 사람들이 외부에서 들고 온 음료수나 음식물을 마시고 먹어도 특별히 제지하지 않는다. 글로벌 패스트푸드점이 동네 이웃들이 모이는 장소가 되어 오래 앉아 있어도 지점 직원들이 별로 개의치 않는 분위기다. 장사에 방해가 된다고 그 노인분들을 박대하지 않고, 자리를 베풀고 장소를 공유하는 모습이 인상적이다. 중국도 음식 배달 앱을 통해 배달을 정말 많이 이용한다. 도심 곳곳에서 바쁘게 뛰어다니는 배달원분들의 모습을 끊임없이 볼 수 있다. 그 배달원분들이 기다리면서 본인들의 음식이나 차를 즐기고 휴대폰을 충전할 수 있는 공간을 마련해 둔 중국 음식점이나 음료수 가게들을 많이 볼 수 있는 것이 신선하게 느껴진다.

야박하게 굴지 않는 모습을 보며 이 사람들이 아직 삶의 여유를 가지고 있다는 느낌을 받았고, 그런 여유로움을 삶에서 함께 즐기고 있다는 생각이 들었다. 바쁘고 복잡하게 돌아가는 도시임에도 불구하고 묘하게도 그 안에서 천천히 흐르는 여유를 느끼게 될 때가 있다. 함께 살아가는 여유를 가끔 엿볼 수 있는 이들의 생활 태도 덕분일 듯싶다.

중국 공연장의 확실한 팬서비스

대도시에서 살아가는 장점들을 얘기한다면, 다양한 문화 시설을 이용할 수 있고 문화 공연을 접할 기회가 비교적 많다는 점도 우선 손에 꼽을 수 있다. 중국으로 이사 온 후 중국 공연장을 꾸준히 방문하고 있으니, 나는 대도시 생활의 장점을 톡톡히 누리고 있는 셈이다.

한 번은 중국 전통 무극을 보러 갔었는데, 시립 단원들의 단련된 몸짓이 만들어 내는 춤선이 너무 황홀해 홀린 듯이 두 시간 공연을 즐겼다. 멀리서 떠오르는 붉은 달 아래, 주인공이 비장한 각오를 다지며 서 있는 장면이 있었다. 무대와의 거리가 꽤 있음에도 불구하고 주인공의 머리카락 한 올 한 올까지 모두 연기를 하고 있다는 느낌이 들 정도로 몸의 움직임이 살아있음을 느꼈다. 무술을 하듯 강한 힘이 느껴지는 동작부터 우아하게 물 흐르듯 춤을 추는 모습까지. 전체 단원들이 손끝까지 서로 조화를 이뤄 장면을 연출하고 있다는 게 충분히 느껴지는 공연이었다.

공연이 끝났음을 알리는 무대효과가 시작되자 나는 힘껏 박수칠 준비를 하고 있었다. 그런데 커튼이 닫히기가 무섭게 객석에서 사람들이 일어나기 시작하더니 공연장 밖으로 뛰듯이 걸어 나가기 시작했다. 너무하네 싶었다. 다들 관객으로서의 매너가 너무 없는 거 아닌가, 커튼이 열렸을 때 모두 밖으로 빠져나간 모습을 보면 배우들이 실망할 텐데…. 혼자 속으로 민망한 마음이 들어 밖으로 나가는 사람들에게 불쾌한 시선을 보내고 있었다. 그때, 커튼이 열리고 배우들이 무대인사를 하기 위해 다시 나왔다. 이때도 사람들은 박수를 치는 대신 휴대폰을 들고 사진과 동영상 촬영을 하느라 바빴다. 이런 관객들의 모습이 익숙한지 배우들은 극장 직원이 하나씩 안겨준 꽃다발을 객석으로 던지기도 하고, 환하게 웃으며 손을 흔들고 하트를 날렸다. 관객들에게 감사의 인사를 열렬히 전하는 듯 보였다.

공연장에서 나오고 나서야 그 모든 것이 나의 오해였음을 깨닫게 됐다. 배우들에게 박수갈채도 없이 나가버린 줄 알았던 관객들이 공연장 로비에 마련된 큰 테이블을 향해서 길게 줄을 서 있었기 때문이다. 나는 대체 이게 무슨 상황인지 멍해진 상태로 서서 그 광경을 보고 있었는데, 조금 후에야 이해가 되었다. 웅성거리는 소리 사이로 공연 화장과 무대의상을 유지한 채 배우들이 걸어

나오고 있었다. 곧 그들은 팬들 사이를 지나 로비에 마련된 테이블 의자에 가서 앉았다. 자세히 보니 줄을 선 사람마다 공연장에서 판매하는 팸플릿과 안내 책자 등을 구매해서 들고 있다가 배우들에게 다가가서 사인을 받고 있었다. 함께 사진을 찍고, 포옹도 하고, 이야기도 나누는 등 팬 사인회 같은 모습이었다. 힘든 공연을 끝낸 늦은 시간임에도 불구하고 팬들 한 명 한 명에게 진심으로 웃어주고 포즈를 취해주는 모습이 아름다워 보였다.

두 번째로 보러 간 공연은 발레 공연이었다. 저번에 무극 공연 후 팬서비스 현장을 봤었기 때문에 클래식한 발레 공연도 그런 팬서비스 장면을 볼 수 있을지 궁금해졌다. 무극 공연은 배우들이 대중적으로 이미 인지도가 꽤 있는 배우들 같았기에, 그런 팬 사인회나 팬들과의 교류가 익숙한 게 당연할 수도 있겠다는 생각을 했다. 발레의 경우는 클래식한 이미지가 있기 때문에 대중과 과연 어떻게 교류를 할 건지 그 모습이 잘 상상이 되지 않았다. 공연이 끝나고 나가보니 발레 공연장 로비에도 역시나 테이블이 놓여있고 수많은 사람이 그 주위에 모여있었다. 잠시 후 발레 공연 복장 위에 옷을 걸치고 공연 화장을 그대로 한 채 남자 메인 댄서 둘과 여자 메인 댄서 한 명이 모습을 드러냈다. 무극 공연장에 비해 조금은 차분한 분위기였지만, 팬들에게 웃으면서 사인을 해 주고 포즈를 취해 사진을 찍는 모습은 그대로였다.

     중국 공연장의 확실한 팬서비스

공연이 끝나고 공연장 밖에서 이렇게 출연진들이 관객들을 위해
팬사인회를 진행하는 문화가 중국에 있는지 모르고 있었다. 이런
장면을 처음 보았기에 솔직히 놀라움도 느꼈고, 자신의 공연을 찾아준
팬들에게 직접 감사의 인사를 전한다는 개념이 신선하게 느껴졌다.

어렸을 적부터 접해 온 영화 속 배우들의 이미지에 대한 향수가
여전히 내게는 남아있다. 그런 영화 속 장면들과 대사들은 그
역할들을 연기한 배우들과 함께 내 마음속에 그리움으로 머물러
있다. 무극 공연이 있던 극장 벽에 장국영을 추억하는 공연 포스터가
붙어 있어 발걸음을 멈추고 한동안 그 앞에 멈춰 서 있었다. 의도된
일인지 알 수 없지만, 그 공연의 주인공 배우가 장국영과 꽤 비슷해
보였다. 그러고 보니 무극 공연의 여주인공은 신기하리만치
장만옥과 그 외형이나 풍겨 나는 이미지가 비슷했다. 첫 등장
장면부터 장만옥을 연상시켰다. 팬사인회에서 팬들에게 환하게
웃어주는데 광대뼈가 도드라지게 드러나는 모습이 명랑해 보이면서
사랑스러웠다. 이런 팬사인회가 있는 줄 알았다면, 그리고 그
여주인공이 장만옥을 닮은 줄 알았다면, 나도 미리 팸플릿을 사서 그
줄에 서 있었을지도 모르겠다.

공연장의 확실한 팬서비스 때문이라도 앞으로 이곳 대도시의
문화생활을 자주 즐기게 될 듯싶다. 내게 그리움을 불러오는 어느
영화 속 장면을 추억하며, 그 안의 배우들을 애정하며.

당신의 속옷 색깔이 궁금하지는 않지만

초고층 빌딩들이 가득 들어선 도시의 가장 중심가이자
번화가. 하늘로 곧게 뻗은 빌딩 사이로 오래된 저택 하나가 자리를
온전히 보전하고 있다. 오래된 단독 주택 치고는 그 규모가 굉장히
크고 건축 방식도 독특해서 언뜻 보기에도 범상치 않다. 오며 가며
그 앞을 지날 때마다 저택에 시선을 고정한 채 고급스러운 느낌이
드는 지붕이나 나무틀로 짜인 작고 아담한 창문들을 감상하고는
한다. 그런데 하루는 그 집 옆벽 베란다에 놓인 작고 하얀 무언가가
내 눈길을 사로잡았다. 뭔가 싶어 한참을 쳐다보고 나서야 그 정체를
깨달았다. 하얀 팬티 한 장이 꼿꼿이 펼쳐져 걸려 있는 것이었다.
그 정체를 깨닫고 나자 이 상황이 왠지 재밌어 걸음을 옮기면서도
한참을 혼자 웃었다.

중국 도시만의 묘한 재미가 이런 점이다. 첨단 문명이 하루가
다르게 도시의 색과 모양을 변화시키고 있어도, 옛날 방식 그대로

생활해 가는 사람들의 모습이 그 도시에 고스란히 남아 공존한다. 근사하고 세련된 초고층 빌딩 사이, 유일한 고택에 사는 주인은 자신의 팬티를 당당히 도시 중심가를 향해 걸어둔다. 번화가 근처 큰 도로를 중간에 둔 채 왼쪽은 완전히 새로운 분위기를 도시에 불어넣을 고층 빌딩이 들어서고, 오른쪽에는 단층 건물에 들어선 조그만 상점들이 길을 따라 길게 늘어서 있다. 아주 오랫동안 그 자리를 지켜왔을 법한 상점들은 인쇄소부터 전통차 판매점, 시계 수리점, 철물점 등 그 모습도 다양하다. 그곳에 오래 있었기에 여전히 그곳에 있지만, 찾는 이들의 발걸음은 현저히 줄어든 게 느껴져 그 색도 회색으로 보이는 상점들이다. 눈이 부시게 화려한 번화가를 걷다 조금만 골목 모퉁이를 돌아 들어가면 오래된 상점들도 그대로다. 옛 모습 그대로 살아가는 사람들의 생활 모습 또한 그 안에 오롯이 존재한다.

길을 걷다 보면 딸랑거리는 종소리가 들려올 때가 있다. 얼핏 들으면 스위스 산자락의 소 목에 매달려 있던 방울 소리와 비슷하다. 도시 한복판의 복잡한 대로변에서 웬 종소리인가 싶어 주변을 둘러보면 곧 그 정체가 천천히 다가오고 있는 모습을 보게 된다. 바로, 자전거에 수레를 매단 채 종이나 나무 판때기 같은 것을 실어 가는 일꾼이다. 그가 큼지막한 종을 손에 들고 꾸준히 흔들며 종소리를 내는 것이었다. 몇 차선 도로에는 최신 첨단 기술로 만든

전기차가 움직이고 있고, 그 옆 한 편에는 이런 종소리를 내는 자전거
수레가 있다. 이 모든 것이 한 도로 위에 공존한다.

고층 빌딩 숲 사이로 낮게 자리 잡은 고급 주택가를 차로 지나다
보면 하나같이 빨래 건조대가 밖으로 나와 자리 잡은 모습을 볼 수
있다. 어김없이 그 빨래 건조대에는 옷가지들과 함께 형형색색의
속옷들이 쫙쫙 펴진 채로 잘 널어져 있다. 고급 주택도 그렇고,
일반 연립주택이나 아파트도 그렇고, 길가의 건설 현장 옆
일꾼들의 쉼터도 마찬가지다. 빨간 팬티도 있고, 하얀 팬티도 있고,
각양각색의 속옷을 꼿꼿이 펼쳐 햇살을 잘 받을만한 곳에 걸어둔다.
상황이 이러다 보니 보고 싶지 않아도 보게 되는 게 이웃들의
속옷이다. 건조기라는 신식 문물이 있어도 바깥에 옷을 널어 자연의
바람과 햇살에 옷을 말리는 걸 선호하는 모습이다. 궁금하지
않아도 어쩔 수 없이 보게 되니, 그런가 보다 하면서도 늘 난감하고
당황스럽다. 왠지 누군가의 사생활을 훔쳐본다는 느낌이 들어 혼자
놀라게 되고 미안해진다.

오래된 내 집이 번화가의 한복판에 놓이게 되더라도, 소리 없이
미끄러지듯 움직이는 전기차가 내 옆을 지나더라도. 원래 살아오던
방식대로 속옷을 밖에 걸어 말리고, 종을 흔들며 자전거 수레를
움직여 생업을 잇는다. 엄청난 굉음을 내며 도로의 쓰레기를
흡입하고 물을 뿌리는 청소차가 차로를 청소하는 옆에서는 싸리비를

들고 길을 쓸며 청소하는 청소부가 거리를 누빈다.

중국 도시 특유의 옛것과 새것이 절묘하게 공존하는 모습이 있다.
묘하게 흥미롭고 매력적이다.

4와 7, 숫자의 의미

시내 중심가에 갔다가 저녁 식사를 하기 위해 한 식당에
들렀다. 1930년대에 문을 열었다는 식당은 세월의 연륜이 공간에
가득 스며든 느낌이었다. 실내를 꾸민 특이한 소품 중 유독 눈길을
끄는 게 하나 있었다. 주방 문 위에 붙여 둔 장식물이었다. 대놓고
모양을 만든 건 아니지만 주의 깊게 보면 숫자 7이 보였다. 마치
부적처럼 다양한 색감과 모양으로 꾸며진 그 장식물을 한참 흥미롭게
보았다. 식당 주인 분이 이런 것에 꽤 신경을 쓰는 분이라는 생각이
들었다.

음식이 나오기 전에 직원이 명세서를 가져다주며 주문 내역을
확인했다. 작은 종이에 적힌 금액을 보고 순간 당황해서 웃음이
나왔다. 별생각 없이 주문했는데 공교롭게도 전체 금액란에
444위안이라고 적혀 있었다. 이 무슨 운명의 장난인가. 내가
굳이 주문 금액을 444로 맞춘 것도 아닌데, 기분 좋게 밥 먹으러

가서 444가 적힌 명세서를 받으니 신경 쓰지 않으려 해도 왠지 께름칙했다. 그래서 농담으로 이 명세서가 우리에게 다가올 모든 불행을 담고 가버릴 거라고, 앞으로 우리에게 남은 일은 행운밖에 없을 거라고 말하며 웃고 넘겼다. 그러면서도 속마음으로는 그 께름칙함을 떨쳐내기가 왠지 어려웠다. 주문을 더해서 결제 금액을 바꿀지에 대해 고민까지 할 정도였다.

다행히 주문한 음식은 모두 하나같이 훌륭히 맛있었다. 오랜 시간을 한 곳에서 살아남은 식당은 그만한 이유가 있는 듯했다. 덕분에 우리는 기분 좋게 저녁 식사를 마칠 수 있었다. 그러나 막상 계산할 일을 생각하니 명세서에 적혀 있던 444위안이 떠올라 다시금 마음이 편치 않았다. 1위안을 올려 445로 전체 금액을 계산해 달라고 식당 측에 요청하려고 했다. 그런데 계산을 해주는 직원이 금액을 443위안만 달라고 말하는 것이었다. 그 식당에서도 계산 금액을 444로 넣기가 께름칙하기는 마찬가지였나 보다. 역시나 주방으로 향하는 문에 숫자 7을 교묘히 장식해 놓은 식당다웠다. 우리는 결제 금액이 명세서와 다른 이유를 묻지 않았고, 식당 직원도 그 이유를 우리에게 설명하지 않았다. 이미 양측에는 각자의 속마음을 이해할 만한 공감대가 있으니 그런 이유 정도는 서로에게 말하지 않아도 됐다.

식당을 나오면서 네덜란드의 한 운전 학원이 떠올랐다. 운전

4와 7, 숫자의 의미

연습을 하러 오는 학생들이 그 학원에 전화할 때 눌러야 할 숫자는 오직 숫자 4다. 그 학원의 전화번호는 정말 거짓말처럼 4로만 구성되어 있다. 지나는 길에 그 운전 학원의 간판에 적힌 전화번호를 보고 나는 적지 않은 충격을 받았었다. 숫자 4에 의미를 깊게 두는 문화권의 나라였다면 기억하기 쉽다는 이유로 그런 번호를 학원 전화번호로 이용하지는 않을 것이기 때문이다. 그 학원 역시 오랜 세월 그 자리를 지키고 있는 곳이니, 그 학원 관계자 및 학생들은 그 숫자에 그리 큰 의미를 두지 않거나 아예 그 숫자가 가지는 의미를 모르는 사람들일 거라는 생각이 들었다. 하지만 모르면 몰랐지, 알고 있는 나 같은 사람은 운전을 배우려고 그 학원에 숫자 4만 오직 연속으로 눌러 전화를 하고 싶지는 않을 듯하다.

그렇다고 네덜란드 사람들 모두가 일반적으로 언급되는 숫자가 가지는 의미에 대해 전혀 개의치 않는 것은 아니다. 이 역시 사람마다 다른 법이다. 한 번은 네덜란드에서 입찰 과정을 거친 적이 있는데, 우리는 행운을 기원하는 의미로 금액의 끝자리를 777로 맞춰서 입찰을 했었다. 다행스럽게도 우리는 우리가 원하던 결과를 얻을 수 있었는데, 나중에 그 후일담을 듣고 안도의 한숨을 내쉴 수밖에 없었다. 우리보다 입찰 금액을 더 높게 부른 사람들도 있었는데, 우리가 입찰이 됐다는 거였다. 그 이유가 우리가 끝자리에 맞춰 넣은 777 때문이라고, 그 결정을 내린 분이 직접 언급했다는 말을 전해들을 수 있었다. 우리는 행운을 기원하는 의미로 숫자 777을 금액의 끝에 적어 넣었었다. 그리고 그 금액을 받아들이는 분은 행운을 기원하는 의미로 그 금액을 택한 것이었다.

많이 알려져 있다시피, 중국인들은 숫자에 많은 의미를 부여해 일상생활을 이어간다. 엘리베이터에서 실종된 4부터 친구에게 축의금으로 보내는 999까지. 중국에서 생활하는 동안에는 숫자가 단순히 숫자가 아닌 경우를 자주 겪을 것 같다. 민감한 상황이 생길 수도 있고, 흥미롭고 재밌는 상황이 될 수도 있다. 그저 앞으로는 내가 스스로 숫자 4를 명세서에 잔뜩 나열하는 일만은 생기지 않기를 바랄 뿐이다.

같은 태양인데

유럽에서 지내게 된 후 부르카를 입은 여성을 처음 보았던 순간이 여전히 선명하다. 어떤 여인은 눈만 드러나는 부르카를 입었지만, 다른 여인들은 얼굴과 눈까지 완전히 가리고 검은 천으로 온몸을 덮은 채 걷고 있었다. 그때까지만 해도 그러한 복장이 종교적 문화에서 비롯된 것임을 몰랐다. 그래서 그 여성들의 가려진 얼굴을 보며 의아한 마음을 품었던 기억이 난다. 하지만 얼마 지나지 않아 그런 복장과 문화의 관련성을 알게 되었다. 더 나아가 다양한 색의 스카프로 머리만 싸매거나 덮는 히잡과 같은 복장도 있다는 걸 알게 되었다. 그러면서 이와 같은 옷들에 점점 익숙해졌다. 내가 알던 한 독일인은 그들의 문화적 이유를 모를 땐 단순히 추위 때문에 머리를 싸매는 걸로 알았다고 한다. 그만큼 문화적 배경을 모르거나 생활 풍습을 오해하면 다르게 살아가는 모습을 올바르게 이해하기 어려울 수도 있다.

중국에 와서 비슷한 복장을 한 사람들을 처음 봤을 때, 나는 의아한 마음을 감추기 어려웠다. 그들은 눈뿐만 아니라 얼굴 전체를 가리거나, 심지어 머리부터 발끝까지 여러 겹의 옷으로 몸을 감싸고 있었다. 하루는 지하철에서 내 앞에 앉은 여성을 본 적이 있다. 그녀는 얼굴 전체를 덮는 마스크에 선글라스까지 끼고 있었다. 얼굴 대부분을 가리는 마스크 착용은 흔한 광경이었고, 얼굴과 몸 전체를 가린 사람을 봐도 주변 사람들은 별로 신경 쓰지 않는 듯했다. 얼마 지나지 않아 나는 그것이 중국에서는 일상적인 모습이라는 사실을 깨닫게 되었다.

네덜란드에서는 여름휴가가 지난 후에도 햇볕에 탄 흔적 없이 하얀 피부를 유지하는 것을 다소 부끄럽게 여기는 경향이 있다. 멋진 휴양지에 다녀오지 못하거나, 휴가지에서 햇볕에 피부를 태울 만큼 삶의 여유를 누리지 못했다는 인상을 줄까 봐 걱정하기 때문이다. 그래서 여름휴가 이후 여전히 하얀 피부로 일터나 학교에 돌아가는 일, 혹은 그런 모습으로 이웃을 마주치는 일이 때로 부담스럽게 느껴질 수도 있다. 평소 햇살을 즐기기 어려운 날씨 탓에 네덜란드 사람들은 여름휴가 기간 동안 햇볕이 풍부한 지역으로 떠나는 것을 일 년 내내 손꼽아 기다린다. 구릿빛으로 건강하게 그을린 피부를 멋지고 보기 좋다고 여기는 분위기도 이러한 정서에 한몫 한다. 이처럼 여름철에 하얀 피부를 유지하는 것은 휴가를 다녀오지 못했거나 제대로 즐기지 못했다는 사실을 그대로 드러내는 듯해서, 때로는 사람들에게는 민감한 사안이 되기도 한다.

중국에서는 하얗고 백옥처럼 매끄러우며 윤기 나는 피부를 선호하는 듯하다. 사람들은 대체로 햇빛을 피하기 위해 다양한 노력을 기울인다. 그을리거나 잡티가 생긴 피부는 선호하지 않는 분위기다. 길거리나 공공장소에서는 얼굴 전체를 덮는 마스크나 팔 전체를 감싸는 토시를 착용한 사람들을 흔히 볼 수 있다. 머리부터 배나 다리까지 덮는 긴 햇빛 차단 점퍼를 입은 사람들도 많다. 더운 열기를 막으려는 목적도 있겠지만, 피부가 햇빛이나 자외선에 노출되는 것을 방지하려는 이유가 더 커 보인다.

유럽의 몇몇 국가에서는 학교나 병원, 공공장소 등에서 얼굴 또는 몸 전체를 가리는 복장을 법으로 금지하고 있다. 이는 종교적 이유가 아니더라도, 공공장소에서 얼굴을 가리는 복장을 부적절하다고 판단해 규율로 정해둔 것이다. 유럽인들은 일반적으로 마스크 착용에 익숙하지 않다. 코로나 팬데믹 당시 마스크로 인해 혼란을 겪었던 이유도 바로 그 때문이다. 마스크나 후드티로 얼굴을 가리고 있는 사람을 의심스러운 시선으로 바라보는 것이 보편적인 정서이다. 팬데믹 이후 마스크 착용에 조금은 익숙해졌을 수도 있지만, 특별한 증상 없이 단순히 질병 예방이나 햇빛 차단을 위해 얼굴 전체를 가리는 것은 여전히 그들에게는 이해하기 어려운 일일 수 있다.

반면 중국에서는 태양을 완벽하게 차단하기 위해 온몸을 가린 채 공공장소를 다니는 사람들을 봐도 주변 사람들은 별로 신경 쓰지 않는 모습이다. 거리나 상점, 쇼핑센터, 대중교통 시설 등 어느 곳에서나 이런 복장의 사람을 쉽게 마주칠 수 있으니, 그 분위기를 자연스럽게 받아들이게 된다. 해가 강하게 내리쬐는 날이면 발코니, 공원, 집 앞 잔디밭, 해변 등으로 나가 일광욕을 즐기며 피부를 태우는 유럽의 풍경과는 확연히 다르다.

강렬히 내리쬐는 태양을 향해 머리를 꼿꼿이 세우고 일광욕을 즐기는 해바라기 같은 꽃이 있다면, 뜨거운 햇살을 직접 받는 걸 싫어해 그늘진 곳에서 잘 자라는 식물도 있는 법이다. 그저, 태양의 입장에서 생각해 본다면 조금 재밌는 일이 될 수도 있다. 본인은 변한 것이 없는데 상황과 장소에 따라 이토록 다른 대우를 받으니, 이를 직접 지켜보는 태양으로서는 조금은 아리송할 듯하다.

과도한 친절과 환상

아이의 벨기에인 친구가 가족과 함께 한국으로 여행을
갔을 때 일이다. 길거리에서 마주치는 사람들이 종종 친구의 외모를
칭찬하며 사진 찍기를 요청했다고 한다. 처음에는 낯선 사람의
관심과 칭찬에 당황했으나 그와 동시에 알 수 없는 우쭐함과 설렘을
느낀 듯하다. 그 친구는 마치 특별한 존재가 된 기분을 맛보았다.
그래서 이유 없이 주어진 칭찬에 어리둥절하면서도 기분이 좋았다고
말했다. 아마 이런 경험을 통해 그 친구는 한국인의 과도한 친절에
대한 환상을 품게 되었을지도 모른다.

단지 장소 하나 바뀌었을 뿐인데 주변의 관심 정도가 왜 이토록
달라질까. 외모가 다르므로 자연스러운 일이라 생각할 수도 있다.
하지만 중요한 것은 본인의 외모는 그대로라는 점이다. 갑자기
본인이 더 예뻐지거나 멋있어진 것은 아니다. 그렇다면 이는 단순히
낯선 외국인에 대한 호기심이나 자신들의 지역을 방문한 외국인에

대한 호감에서 비롯된 행동일 수도 있다. 이러한 친절은 외국인을 향한 일반적인 호의로 볼 수도 있지만 이를 지나치게 개인적인 호감으로 받아들이면 본인이 특별한 존재라는 착각에 빠지기 쉽다.

과도한 친절에 대한 환상은 외국에서 흔히 겪을 수 있는 경험 중 하나다. 설렘을 안고 타국에 온 당신 주변에 당신과 비슷한 사람은 없다. 당신은 그곳에서 눈에 띄는 특별한 존재가 될 수 있다. 긍정적으로 보면 호감의 대상이지만 부정적으로 보면 범죄의 표적이 될 수도 있다. 순간의 좋은 기분으로 가볍게 넘어갈 수도 있지만 그렇지 못한 경우도 있다. 알아듣지 못하는 언어로 웃으며 이야기를 하면서 외국인이 모른다는 점을 이용해 차별적이거나 무례한 발언을 하는 경우도 있기 때문이다.

이런 경험은 어느 나라 사람이라도 비슷하게 겪는다. 인종이나 문화에 상관없이 외모와 문화가 다른 나라에 가면 흔히 마주칠 수 있는 상황이다. 그 과정에서 자신이 특별하거나 우월하다는 착각을 느끼게 되는 일도 있다.

나는 개인적으로 한국을 방문했거나 한국인과 친분이 있는 외국인을 만날 때 조금 더 조심스럽다. 경험상 주의해야 할 부분이 많기 때문이다. 싱가포르 출신 친구는 프랑스인 남편, 그리고 두 자녀와 함께 한국에서 몇 년간 살았던 적이 있다. 한국인들이 그 친구 가족에게 매우 친절하고 특별하게 대해줬던 모양이다. 그래서인지 친구는 나에게서도 같은 정도의 친절을 기대하는 듯했다. 그 친구는 자신이 한국에서 얼마나 특별한 대우를 받았는지 자주 말했고 한국인 모두가 당연히 그럴 것처럼 여기고 있었다. 그래서 평범한 우정으로 대했던 나의 태도를 홀대로 오해해 기분이 상한 적도 있었다.

다른 나라에서 특별한 존재가 된 듯한 착각을 느끼는 건 충분히 이해할 수 있는 감정이다. 외국에서 이방인이 되어 보는 경험은 새로운 나를 발견하게 하고 좋은 경험과 나쁜 경험을 동시에 선사하기도 한다. 지나친 착각으로 인해 추억이 왜곡되어 버리는 건 안타까운 일일 수 있다. 특별했던 순간을 좋은 추억으로 간직할 수 있도록 본인 스스로 중심을 잡아 보는 것도 좋을 듯하다. 그렇다고 너무 뾰족할 필요는 없다. 적당히 중심선을 지키며 상황과 환경에 자연스레 어우러지는 것 또한 슬기롭게 살아가는 한 방식일 듯하다.

점심 먹었어요

중국에 온 이후 점심시간 무렵 사무실이 밀집한 빌딩 숲을 지날 때마다 남다른 감흥을 느낀다. 수많은 사람이 일제히 사무실을 빠져나와 점심거리를 찾아다니는 모습 때문이다. 이는 한국 직장인들의 점심시간 풍경과 별반 다르지 않을 수 있다. 하지만 네덜란드에서 경험했던 점심시간의 모습은 확연히 달랐다. 각 나라의 점심시간이 서로 다른 개성을 드러내는 것 같아 흥미로웠다.

중국에서는 점심 식사 후에 낮잠을 자는 것이 일반적이다. 특정한 시간이 되면 야외 벤치나 식당 테이블에 엎드려 자는 사람들을 흔히 볼 수 있다. 길을 걷다 전동 스쿠터 위에 몸을 눕히고 낮잠을 자는 남자를 보았을 때는 놀라움마저 느꼈다. 점심 후 동료들과 삼삼오오 모여 냉난방 시설이 잘된 주변 상가를 산책하는 모습도 일상적인 풍경이다. 혼자 식사하는 직장인도 많다. 이런 사람들을 위해 작고 간단한 테이블과 의자 한두 개만을 놓은 식당들도 흔하다. 혼자

간단히 먹을 법한데도 이곳의 직장인들은 큰 그릇에 담긴 탕이나
국물 요리를 푸짐하게 주문해 먹는 경우가 많다. 혼자 식사하는
사람은 한 손으로 음식을 먹으면서 다른 한 손으로는 핸드폰을 들고
뭔가를 계속해서 본다.

반면 네덜란드의 점심시간은 더 간결하다. 동료들끼리 샌드위치를
들고 산책하면서 간단히 해결하는 경우가 많다. 회사 근처 빵집이나
슈퍼마켓에서 빵이나 샌드위치를 사 들고 주변을 걸으며 식사를
마친 뒤 일터로 돌아가는 모습이 흔하다. 이것은 효율적으로
점심시간을 보내는 그들만의 방식이다. 네덜란드에서는 점심시간을
커피 타임처럼 동료들과 친밀감을 형성하고 사적인 대화를 나누는
시간으로 활용하기도 한다. 공적인 관계에서 벗어나 인간적인
친밀감을 쌓는 좋은 기회가 되는 셈이다. 물론 혼자 점심을 간단히
먹고 개인의 휴식을 즐기려는 사람도 있다. 동료들과의 교류가
부담스러워 혼자만의 시간을 선호하는 개인의 성향도 존중된다.
점심시간에 사적인 자유를 즐기는 것을 자연스럽게 받아들인다.

일부 동료들은 점심시간을 건너뛰고 일을 계속해 일찍 퇴근하는
선택을 하기도 한다. 점심시간을 어떻게 활용하든 그것은 개인의
선택이다. 이렇게 네덜란드 회사는 점심시간에 대한 다양성을
인정하고 각자의 방식대로 시간을 보내는 모습을 융통성 있게
받아들인다. 때로는 점심시간을 짧게 쓰고 퇴근을 일찍 하고 싶어

   점심 먹었어요

하는 전체적인 분위기를 고려해, 점심시간을 회사의 규율로 보통보다 더 짧게 정해두는 회사들도 있다. 하지만 그런 때에도 개인이 원한다면 짧은 시간 동안 산책을 하거나 동료와 가벼운 대화를 나누며 자유롭게 활용할 수 있다.

네덜란드에서 대낮에 회사나 학교에서 낮잠을 자는 모습은 흔히 볼 수 없다. 누군가가 책상에 엎드려 있다면 아픈 사람으로 여기고 집에 가서 쉬라고 권할 가능성이 높다. 학교에서도 마찬가지다. 학생들이 점심시간이나 쉬는 시간에 낮잠 자는 모습을 거의 찾아볼 수 없다. 네덜란드의 학교에는 학교 급식이 없기 때문에 학생들은 각자 준비해 온 샌드위치나 비스킷, 과일 등을 간단히 먹으며 친구들과 어울리는 것이 일반적이다.

네덜란드에서 점심시간은 짧고 가볍게 휴식하는 시간으로 여겨진다. 반면 중국에서의 점심시간은 든든한 한 끼 식사를 즐기고 동료들과 인간관계를 다지며 오후를 보낼 에너지를 충전하는 중요한 시간이다. 점심으로 무엇을 먹었는지 묻는 질문에 대한 답이 나라별로 다를 수밖에 없는 것처럼 점심시간을 보내는 방식 또한 각기 다를 수밖에 없다. 다양한 방식으로 보내는 점심시간의 풍경에는 그 나라 사람들의 삶의 모습과 문화가 고스란히 담겨 있다.

03
겨울 그래도 삶

슈퍼마켓, 일상적 공간에 머무는 외로움

슈퍼마켓은 언제든지 누구나 갈 수 있는 지극히 평범한 일상의 공간이다. 걸어서 몇 걸음이면 갈 수 있고 그곳에 들어서기 위해 특별한 절차도 필요하지 않다. 문이 열려 있는 동안에는 언제든 누구나 환영받는 기분 좋은 곳이다. 늘 환한 불빛과 다채로운 색깔을 뽐내는 물건들, 친근한 분위기와 달콤하고 향긋한 향기가 가득한 곳이다. 배고픈 자를 배부르게 하고, 마음이 빈 자를 풍족하게 채워줄 것 같은 느낌을 주는 공간이다.

그렇기 때문에 슈퍼마켓에 들어서는 발걸음은 보통 설렘을 품고 있다. 내가 사랑하는 사람들의 배를 채워줄 양식이 이곳에 있기 때문이다. 우울한 감정을 떨쳐내고 달콤한 기운을 채워줄 소중한 것들을 얻을 수 있는 공간처럼 여겨진다. 또한, 알록달록한 물건들이 질서 있게 진열된 공간을 걷다 보면 마치 박물관이나 미술관에 문화생활을 하러 온 듯한 기분마저 든다. 환한 표정의 사람들을 볼 수 있는 것은 이 공간에서 얻는 별책부록 같은 선물이다. 약간 들뜬 듯 즐거운 표정의 사람들을 슈퍼마켓 진열장 곳곳에서 마주칠 수 있기 때문이다.

네덜란드에는 지역별로 자원봉사자를 찾거나 지원하는 정보를 공유하는 웹사이트가 있다. 그 웹사이트에서는 특히 아래와 같은 제목을 단 글들을 자주 볼 수 있다.

〈슈퍼마켓에 함께 갈 친구를 찾습니다. 〉

73세로 혼자 살고 있는 노아는 그녀를 도와 슈퍼마켓에 함께 장을 보러 갈 사람을 찾고 있습니다. 보행 보조기에 의지해 걷는 그녀는 함께 슈퍼마켓에 가서 물건을 옮기고 계산하는 일을 도와줄 사람이 필요합니다. 노아는 책 읽기를 즐기며, 예술에 관해 이야기 나누기를 좋아합니다. 그녀는 친절하고 상냥하며 늘 밝고 긍정적인 사람입니다.

누구든 흐르는 시간을 막을 수 없고, 그렇게 인생에서 자연스럽게 마주하는 것이 나이 듦이다. 나이는 그저 숫자에 불과하다고도 하지만, 나이가 들어가면서 나타나는 신체적인 변화를 어느 순간부터 무시할 수 없게 되는 때를 누구나 겪는다. 시력이 나빠져 안경을 쓰게 된다거나 치아가 안 좋아진다거나 무릎이 약해져 움직이기 힘들어지는 상황 등은 나이를 먹으며 흔히 경험하는 일이다.

위와 같은 메시지 중 자주 눈에 띄는 것은 슈퍼마켓에 함께 장을 보러 갈 사람을 찾는 고령의 할아버지, 할머니들의 글이다. 나이가 들어 약해진 몸으로 슈퍼마켓에서 장을 보는 일은 쉽지 않기에, 그 짐을 대신 들어주고 옮겨줄 누군가의 도움을 요청하는 것이다. 또한 산책을 하며 함께 이야기를 나눌 상대를 찾는 글이기도 하다. 이 글들에는 신체적 불편함과 정신적 외로움을 토로하며, 누군가의 도움으로 그런 어려움을 덜고 싶은 마음이 담겨 있다.

그런 그들을 보면 나의 노년은 어떨지 생각하게 되는 것이 어찌 보면 당연한 일이다. 나도 그런 도움이 필요하게 될까. 그렇게 되면 나는 어떻게 해야 할까. 과연 그런 도움을 받을 수 있을까. 꼬리에 꼬리를 무는 생각들이 나를 깊은 밤 별무리 속으로 데려가고는 한다.

한 번은 슈퍼마켓 진열대 앞에서 한 여인을 만난 적이 있었다. 여인은 외로웠던 걸까. 진열대에서 물건을 고르느라 분주한 내 곁으로 그 여인의 호기심과 호감 어린 눈길이 느껴졌다. 처음에는 대수롭지 않게 넘기려 했으나 결국 그 강렬한 구애의 시선을 저버리지 못하고 여인과 눈이 마주쳤다. 기다렸다는 듯이 그 여인은 다가와 말을 걸었다. 처음에는 물건을 찾는 듯 뭔가를 물어오더니, 이내 내가 이 근처에 사는지 같은 개인적인 질문을 묻기 시작했다.

낯선 사람과 슈퍼마켓 같은 공간에서 개인적인 이야기를 하는 건

  슈퍼마켓, 일상적 공간에 머무는 외로움

난처한 감정을 불러일으킬 수 있다. 거기에 긴장감까지 더해진다. 내가 다소 얼어붙고 얼떨떨한 반응을 보였는지, 그 젊은 여인의 얼굴에서도 웃음기가 서서히 사라졌다. 조금 후 나는 형식적인 대답을 마무리하고 그 여인을 진열대 복도에 남겨둔 채 내 볼일을 보러 자리를 떠났다. 지금 생각해 보면 왜 그렇게 매정하게 그 자리를 떠났나 싶다. 조금 더 친절하고 따뜻하게 대해줄 수도 있었을 텐데 말이다. 어쩌면 친구가 되어 함께 차를 마시는 사이가 되었을지도 모를 일이다.

그 여인은 슈퍼마켓에서 이야기를 나눌 친구를 찾고 싶을 만큼 외로웠을 수도 있었다. 내가 혹시 그 젊은 여인의 외로움을 더 깊게 만들지는 않았을까. 꽤 오랜 시간이 흘렀지만 가끔 그때 기억이 떠오를 때마다 그 여인에게 미안한 감정이 든다. 친구가 되어주지 못해 미안하다고, 그날 저녁 슈퍼마켓에서 온기를 조금 나눌 수도 있었는데 내가 그런 여유를 담을 공간을 마음속에 미처 만들지 못했다고. 그런 친근한 말들로 그녀의 외로운 마음을 달래주고 싶다는 생각이 때로 들고는 한다. 뒤늦게 마음의 여유가 생긴 후 느끼게 된 그 여인에 대한 미안한 감정에, 그저 상황과 시기가 서로에게 맞지 않아서 그랬던 거라는 변명의 감정을 덧대어 보게 된다.

요즈음은 대부분 없어졌지만, 한때는 네덜란드 슈퍼마켓에 가면

차와 커피를 무료로 마실 수 있는 코너가 있었다. 그리고 보통 그 옆에는 작은 테이블과 의자가 있고 신문과 잡지가 놓여있었다. 슈퍼마켓이 단순히 장을 보러 오는 곳이 아니라, 이웃을 만나 대화를 나누고 잠시 쉴 수 있는 장소가 되어 주었다. 예전의 그 젊은 여인을 진열대 복도가 아닌 이 테이블 옆에서 만났다면 우리 둘 다 그 곳에서 쉬며 서로 여유를 나눌 수도 있었으리라는 생각을 해 본다. 보행 보조기를 밀며 함께 장을 봐 줄 친구를 만난 것처럼, 또는 슈퍼마켓 쉼터 코너에서 자연스럽게 만난 동네 사람처럼, 적절한 시기의 적당한 상황이라면 말을 걸어오는 낯선 이에게 마음을 열 여유를 좀 더 다정히 품을 수도 있을 듯하기 때문이다.

멀쩡한 가족

여행을 갈 때는 모든 곳이 낯설고 그곳에서 만나는 사람도 낯설기 마련이다. 낯선 장소에서 낯선 사람과 마주하면 어색한 긴장감을 느끼기도 하지만, 여행의 설렘은 그 낯설음마저 무디게 만들어 버리기도 한다. 그날도 우리 가족은 낯선 곳을 여행 중이었다. 우리는 주변 섬을 하루 동안 둘러보는 크루즈 단체 관광 일정을 앞두고 있었다. 여행 일정을 즐겁게 함께 보낼 좋은 사람들과 만나기를 기대하며, 우리는 일행이 모이는 장소로 향했다.

택시 기사가 크루즈 선착장 주소를 잘못 찾아 한참 떨어진 다른 곳에 내려줬음에도, 우리 가족이 부지런히 걸어 선착장에 도착했을 때는 아직 아무도 없었다. 너무 일찍 와서인지 아니면 장소를 잘못 찾았는지 헷갈려 할 때쯤, 멀리서 다른 가족이 우리 쪽으로 천천히 걸어오는 것이 보였다. 부부와 대여섯 살 정도의 남자아이, 그리고 열두 살쯤 되는 또 다른 남자아이였다. 그들 역시 선착장을 제대로

찾았는지 확신이 없는 듯했지만, 우리 가족을 발견하고는 반갑고
안도하는 표정으로 다가왔다.

역시나 그 가족도 같은 크루즈를 타기 위해 온 사람들이었다.
간단한 인사를 나누고 날씨 얘기를 하며 어색함을 지우려
애썼지만, 너무 일찍 도착한 두 가족 사이에는 어색한 정적이 계속
흘렀다. 멀뚱히 서 있는 것도 어색해서 우리는 그 가족과 이야기를
이어나갔다. 평범해 보이는 부부와 귀엽고 의젓해 보이는 아이들은
흔히 만날 수 있는 보통의 가족 같았다. 대화를 나누던 중 그 부부가
나에게 어느 나라 출신인지 물어왔다. 자신들의 큰아들이 한국에서
열리는 스카우트 캠프에 참가 중이라고 했다. 스카우트 얘기가
나오자 나는 그 질문에 두루뭉실하게 대답을 흘리며 다른 화제로
대화의 방향을 돌렸다. 그 무렵 한국에서 열리고 있던 스카우트
캠프의 문제점들이 국제 뉴스에 연일 보도되고 있었고, 부부는
걱정스러운 마음으로 계속 스카우트 캠프 얘기를 하고 있었기
때문이다. 마음이 불편해져 내가 안절부절못할 무렵 다행히 다른
여행객들과 크루즈 직원들이 도착해 분위기가 조금 바뀌기 시작했다.

크루즈에 올라서도 우리는 그 가족과 옆자리에 앉아 일상과
여행에 대한 대화를 주고받았다. 대화를 나눌수록 이들은 꽤
괜찮은 사람들처럼 느껴졌다. 건실해 보이는 남편과 온화해 보이는
아내, 사랑스러운 아이들. 그런 가족과 크루즈 여행을 함께하게

                                        멀쩡한 가족

된 것이 다행이라는 생각마저 들었다. 하지만 파도가 거세지면서
배가 흔들리고 바람이 강해지자 더 이상 편히 앉아 대화를 나누기
힘들어졌다. 우리가 탔던 배는 높은 돛을 가진 목조배로, 뱃머리부터
중간까지 양 옆 난간이 낮았다. 난간에 군데군데 어린 아이 몸이 지날
수 있는 정도의 구멍이 뚫려 있기도 했다. 파도가 점점 높아지며
난간 옆 사람들은 시원한 물폭탄을 잔뜩 뒤집어쓰고는 했다. 어디든
붙잡지 않으면 몸이 휩쓸려 배의 여기저기에 부딪히거나 바다로 빠질
위험도 있어 보였다. 배에 탄 승객들은 모두 그런 바닷바람과 파도의
난폭한 시원함, 스릴감을 즐기고 있었다. 하지만 그런 바다 환경에
익숙하지 않은 나 같은 사람은 옆의 아이들을 잡고 챙기랴 앉아있는
자리 어디든 잡고 몸을 고정시키랴 쉽지 않은 시간을 보내고 있었다.

두 가족은 아이들이 앉기 편한 안전한 자리로 각자 흩어졌다. 점심
식사 후 무상으로 제공된 술을 자유롭게 즐겨가며 크루즈의 분위기는
점점 왁자지껄해졌고, 사람들의 움직임은 파도의 흔들림만으로
설명하기 어려울 정도로 불안정해지기 시작했다.

그렇게 바다와 하늘, 바람과 파도를 바라보며 풍경을 즐기고 있던
때였다. 그 가족의 큰 아이가 무알콜 맥주 캔을 손에 들고 걸어와
난간 바로 옆 바닥에 놓인 쿠션에 앉았다. 높은 파도로 배가 흔들리는
상황에서 아이가 혼자 난간 옆을 걸어다니는 게 위험하게 느껴져
주위를 둘러봤지만 아이의 엄마, 아빠가 보이지 않았다. 아무리

무알콜이라고는 하지만 버젓이 맥주 캔을 들고 아이가 내 눈앞에서 무알콜 맥주를 마시기 시작하는 걸 보고 있자니 혼란스러웠다. 아이들용으로 따로 다양한 음료가 무상으로 제공되고 있는데 어른용으로 제공된 무알콜 맥주를 아이가 마시는 모습이 어색하게 느껴졌다. 파도는 점점 높아지며 배가 심하게 흔들리고 있었고, 아이는 위태롭게 홀로 앉아 무알콜 맥주를 홀짝이고 있었다. 나는 앉은 자리에서 일어나 위태롭게 서서 주변에 있을 아이의 부모를 찾아보았다. 그 아이의 엄마는 갑판 위에 누워 잠들어 있었고, 조금 뒤 아이의 아빠가 파도보다 더 불안정한 걸음으로 다가오는 것이 보였다. 아이 아빠의 얼굴은 체리처럼 붉어져 있었다. 그는 난간 옆에 혼자 앉아 있는 아들을 보고도 별말 없이 지나쳐 그 옆에서 비키니 차림으로 햇볕을 쬐며 앉아있던 사람에게 말을 걸기 시작했다.

　우리 가족은 이 상황이 조금은 황당하게 느껴져 서로의 얼굴만 쳐다보았다. 파도가 높아져 배가 심하게 흔들릴 때마다 아이의 몸도 흔들리고 있었고, 빨개진 얼굴로 서서 다른 승객과 얘기를 주고받던 아이 아빠는 중심을 못 잡고 위태롭게 움직이고 있었다. 결국 그러다 다른 승객의 몸 위로 엎어진 후에야 아이 아빠는 무안했는지 배 뒤편으로 자리를 옮겨갔고, 무알콜 맥주 한 캔을 다 비우고 앉아있던 아이도 아빠가 사라진 곳을 향해 따라 걸어갔다. 크루즈에 탑승할 때만 해도 반갑게 인사하며 즐겁게 대화를 나누던 우리 두 가족은 크루즈에서 내릴 때쯤에는 어색한 눈인사만 주고받았다. 그 가족의 모습은 크루즈를 탈 때와는 전혀 달라져 있었다. 얼굴이 빨개진 아빠와 멀리 떨어져 걷는 엄마, 그 중간쯤에서 무표정하게 걷고 있는 아이들. 그 가족이 왼쪽으로 방향을 틀자 우리는 오른쪽으로 방향을 바꿔 선착장을 벗어났다.

분명 처음엔 멀쩡해 보였는데, 분위기가 사람을 변하게 한 것일까. 아니면 평범한 일상에서는 사람들이 자신의 진짜 모습을 잘 숨기는 걸까. 그날의 그 멀쩡해 보였던 가족은, 낯선 곳에서 만나는 타인의 숨겨진 모습을 다시 한번 떠올리게 했다.

하인의 방

중국에서 머물 집을 정하기 위해 이틀 동안 열 곳이 넘는 집을 에이전트와 함께 방문했다. 빈집도 있었고, 임차인이 본국으로 돌아가기 위해 짐을 싸고 있는 집도 있었다. 주인이 거주 중인 집은 한 곳을 제외하면 대부분 집안일을 돕는 아주머니가 문을 열어 우리를 맞아주었다.

중국에서는 집안일과 요리, 아이 돌보는 일 등을 하는 가사도우미를 '아이ayí, 阿姨'라고 부른다. 엘리베이터 한 층에 한 집이 있는 아파트를 방문했을 때였다. 집에 아무도 없는지 벨을 누르고 문을 두드려도 인기척이 느껴지지 않았다. 사전에 약속된 방문이라 당황해하는 에이전트와 함께 다시 아파트 입구로 내려갔다. 입구에서 만난 한 아주머니가 자신을 '2층 아이'라 소개하며, 3층 아이, 5층 아이 등 층수로 다른 아이들을 호칭했다. 우리가 찾던 집은 바로 그 모든 아이가 있는 아파트가 아니라 옆 건물이라는 사실을 그

아주머니 덕분에 알게 되었다.

이렇게 집들을 방문하던 중 한 집을 들렀을 때의 일이다. 문을 열어준 아이의 안내로 들어선 집안 광경에 나는 순간 할 말을 잃고 시선이 방황하기 시작했다. 내 눈이 닿는 모든 공간이 뜯지도 않은 물건과 어린이 장난감으로 가득 차 있었기 때문이다. 방마다 물건들이 바닥부터 천장까지 가득 쌓여 빈 곳이 없었다. 그중 가장 여유롭게 느껴지는 방이 하나 있었는데, 바로 문을 열어준 아이가 지내는 방이었다. 다른 방보다 훨씬 작은 그 방에는 침대와 옷장 하나가 전부였다. 다른 방에 비해 비움의 여유가 느껴졌음에도 불구하고 방 안 모든 물건이 회색빛으로 느껴지는 공간이었다.

중국에서는 이것이 꽤 일반적인 문화인지, 내가 방문했던 집 대부분에 아이를 위한 작은 방이 따로 있었다. 이 사실을 설명하며 에이전트는 나에게도 집안일을 도와줄 아이를 고용할 생각이 있는지 물었다. 그리 비싸지 않은 가격에 쉽게 사람을 찾을 수 있으니, 원하면 자신이 알아봐 주겠다고 했다. 나는 바로 손과 고개를 저으며 사양의 뜻을 밝혔다. 과거 네덜란드에서 애들이 어렸을 때 오페어au pair와 함께 꽤 오랜 시간 같은 집에서 생활한 경험이 있다. 하는 일이 비슷할 수 있지만, 오페어는 대체로 젊은 연령대의 사람들이 잠시 파트 타임 개념으로 일하는 경우가 많다.

집 방문을 마친 후 가족끼리 모여 어느 집으로 정할지 의견을 나누는 시간이었다. 오페어와 함께 생활한 경험이 있음에도 '아이'의 방을 'servant room', 즉 '하인의 방'이라고 일컫는 표현이 우리들의 대화 중 사용됐다. 나는 놀라움에 바로 정색하며 그 말을 정정했다. 단순히 고용인과 피고용인의 관계일 뿐 주인과 하인의 개념이 아니며, 그런 개념을 생각하는 것 자체는 적절하지 않다는 설명을 덧붙였다.

동남아시아의 관광지에서, 짐을 잔뜩 든 채 고용주 가족 뒤를 바쁘게 따라가던 한 여인을 본 적이 있다. 그 여인도 역시 그 집의 아이였을 것이다. 또 경제 발전으로 풍요로운 아시아의 어느 도시 국가에서 휴일이면 더위를 피해 다리 아래 그늘에 모여있던 그들의 모습은 여전히 내 기억 속에 뚜렷이 남아있다. 모든 것이 낯선 상황에서 그런 풍경이 어떻게 비칠지 모르는 것은 아니다. 하지만 나는 최대한 객관적이고 일반적인 현실 그대로 설명해 줄 생각이다. 앞으로 이곳에서 생활하며 접하게 될 다양한 모습들을 스스로 해석하고 이해하며 개념을 정립할 수 있을 때까지, 내가 할 수 있는 일은 내가 옳다고 믿는 신념대로 정확히 설명해 주는 길밖에 없을 듯하기 때문이다.

사진을 함께 찍어도 될까요

이름만 몇 번 들어본 사람을 실제로 만나면 신기한 기분이 든다. 하물며 그런 사람을 우연히 타지에서 만나게 된다면, 신기함을 넘어 반가운 마음이 들 수밖에 없다.

내게 K는 그런 사람이다.

이름은 여러 번 들어 봤지만, 별다른 관심 없이 흘려들었을 뿐이었다. 그랬던 K가 내가 머무는 타지에 와서 지내고 있다는 소식을 들었다. 그리고 곧 내가 떠나왔던 곳으로 다시 돌아갈 예정이라는 소식까지도 말이다. 귀국 전에 이곳에서 만나보는 것도 극적이고 좋겠다는 생각이 들었다. 그렇게 K와 우리 가족은 함께 저녁 식사를 하게 되었다.

나는 K에 대해 특별히 떠올린 이미지가 없었지만, 실제로 만난 K는 예상보다 훨씬 쾌활하고 편안한 사람이었다. 가설을 과학적 데이터로 증명하는 분야에서 공부하고 일한다는 K의 이야기는 새로운 세계를 접하는 듯 흥미롭기만 했다. K의 인생 경험담 역시 흥미롭기는 마찬가지였다. K는 한 북유럽 국가의 학교에 진학하려고 지원서를 내고 합격을 당연시하며 기다렸던 적이 있었다. 하지만 발표 시기가 지나도 아무런 소식이 없어서 학교에 연락을 했더니, 너무 일찍 지원서를 내서 접수 과정에서 누락돼 검토조차 되지 않았다는 황당한 답변을 받았다고 한다.

정말 황당하고 억울한 실패였지만, 이 일은 결과적으로 K의 인생을 행운의 길로 이끌었다고 했다. 그 후 진학한 학교에서 훌륭한 스승을 만나, 스승님의 추천으로 결국 해외의 명문 대학에서 학위를 마칠 기회를 얻었기 때문이다. 이 이야기를 하며 K는 모든 일에는 결국 그 나름의 이유가 있고, 쉽게 포기하지 않고 긍정적으로 생각하는 것이 인생에 큰 도움이 된다고 덧붙였다. 우리는 영화 같은 K의 경험담에 흥미롭게 귀 기울이며 감탄을 멈추지 못했다.

K는 중국에 머무는 몇 개월 동안 다양한 지역을 다녔고, 시간이 날 때마다 유명한 관광지를 찾아다녔다고 한다. 여행 이야기를 하며 K가 보여준 사진들을 보니, 각양각색의 매력을 지닌 여행지가 중국에 많다는 것을 다시금 깨닫게 되었다. 외국인인 K는 어딜 가나 사람들의 관심을 받을 수밖에 없었고, 여행 중에 특이한 일도 많이 겪었다고 한다. 호텔 투숙 시 이미 여권과 서류를 제출했는데도, 늦은 저녁 시간에 지역 정부 관리가 호텔 리셉션으로 K를 호출해

방문 이유를 꼬치꼬치 캐묻는 일도 있었다고 한다. 젊은 외국인이 혼자 중국의 지방 도시들을 단기간에 돌아다니니 관리자가 의아하게 여겼던 듯하다.

관광지를 여행할 때마다 주변 중국인들의 관심은 자연스레 K에게 쏠렸다. 사진 찍는 척하며 갑자기 K의 사진을 찍고 도망치는 사람들도 있었고, 심지어 자신들의 아기를 K에게 덥석 안겨주고 사진을 찍는 사람들도 있었다고 한다. 한 번은 그룹 관광버스에서 한 할머니가 관광 가이드에게 휴대폰 화면을 보여준 적이 있었다. 번역 앱에 '사진을 함께 찍어도 될까요?'라고 중국어에서 영어로 번역한 내용을 보여준 것이었다. 가이드는 자신이 중국인인데 왜 영어로 보여주냐며 웃으며 할머니를 놀렸다. K에게 직접 물어보기 부끄러웠던 할머니는 가이드를 통해 이 말을 전달하려고 했던 것이다. 그런 할머니의 모습이 너무 귀엽게 느껴진 K는 먼저 다가가 함께 사진을 찍자고 제안했다고 한다.

나 역시 비슷한 일을 직접 본 적이 있다. 한번은 뜨거운 햇볕을 피해 그늘진 벤치에 앉아 쉬고 있었는데, 옆 벤치에 외국인 남성이 땀을 식히며 앉아 있었다. 지나가던 중국인들이 그에게 사진을 찍어도 되느냐고 계속 물었는데, 그 남자는 반복해서 '아니요, 그리고 싶지 않아요.'라는 말을 되풀이했다. 요청하는 사람들은 처음이겠지만, 같은 말을 반복하는 그 남자의 목소리에는 점점 지친 기색이

역력했다. 외국인 남성의 상황이 안타까우면서도, 어떤 이들에게는
관광지에서 만난 낯선 외국인과의 사진이 평생 남실 법한 추억거리로
여겨질 수도 있겠다는 생각이 들었다.

K는 사진 요청을 받을 때면 흔쾌히 웃으며 함께 찍었다고 한다.
혹시 사진이 원하지 않는 방향으로 쓰일지 걱정되지 않느냐고
물었더니, K는 어깨를 으쓱하며 그렇게 생각하고 싶지는 않다고
했다. 그들은 자신에게 다가올 때 항상 순수하고 밝은 표정이었고,
그런 느낌을 그대로 믿고 좋은 의도라 생각하겠다는 것이었다.
인생의 황당한 실패조차 긍정적으로 받아들였던 K는, 낯선
사람들이 사진을 찍자고 요청할 때도 자신만의 방식으로 긍정적으로
받아들이고 있었다.

나 역시 이런 K를 그 삶의 자세 그대로, 언제나 밝고 따뜻한
모습으로 기억할 생각이다.

   사진을 함께 찍어도 될까요

100위안을 들고 중국 슈퍼마켓에 가면

날씨가 너무 좋아 잠시 걸어도 괜찮겠다는 생각이 들었다. 시원한 바람이 불어주니 한낮의 햇볕도 그리 덥지 않을 것 같았다. 머리에 눌러쓴 밀짚모자가 왠지 믿음직스러웠다. 네덜란드에서 이 밀짚모자를 살 때 고민을 좀 했었다. 중국에 가면 모자는 흔할 텐데, 굳이 짐 하나를 더 늘릴 필요가 있나 싶었다. 하지만 할인 중인 모자의 색상이 마음에 들어 결국 구매했고, 중국에 온 후로 가장 유용하게 쓰고 있다.

원래는 들를 생각이 없었지만, 냉장고에 치즈가 한 장밖에 남지 않은 게 마음에 걸렸다. 어차피 지나는 길이니 잠시 슈퍼마켓에 들르기로 했다. 멀리 갈 생각이 없어 현금을 따로 챙기지 않았는데, 다행히 휴대폰 케이스 안에 비상금으로 넣어둔 중국 지폐 100위안 한 장이 있었다.

하마를 브랜드 로고로 쓰는 중국 슈퍼마켓 체인이 있다. 보통의 경우

은행 카드나 특정 온라인 결제 앱 또는 현금으로 이 슈퍼마켓에서
결제를 할 거였다. 하지만 아직 현지 은행 카드나 그 특정 결제 앱을
사용할 수 없던 나로서는 현금으로만 계산이 가능했다.

중국 지폐 100위안. 예전에는 100위안이 꽤 큰 돈으로 느껴졌다.
100위안이면 상점에서 여러 가지를 살 수 있었고, 잔돈으로도 다른
일을 할 수 있을 정도였다. 이번에 중국에 온 후로는 대부분 온라인
결제를 해서 현금을 쓸 일이 거의 없다. 그러다 보니 중국 물가를
현실적으로 체감할 기회가 별로 없었다.

휴대폰 케이스에서 꺼낸 100위안을 보니 왠지 마음이 든든했다. 이
정도면 슈퍼마켓에서 필요한 물건을 충분히 살 수 있을 것 같았다.
그렇게 의기양양하게 슈퍼마켓에 들어갔다. 그런데 아쉽게도 내가
찾던 치즈는 없었다. 유제품 코너에 모차렐라 치즈와 체더 치즈,
크림치즈, 버터 등은 있었지만, 내가 유럽에서 먹던 치즈는 없었다.
이런 제품들은 주로 몇 년 전 중국에 진출한 독일계 슈퍼마켓 체인에
가야 비슷한 것을 찾을 수 있다. 중국에서 이 독일계 슈퍼마켓은
유럽의 대형 매장과는 달리 동네 소형 식료품점 정도의 규모로
운영된다.

결국 사려던 치즈는 못 사고 야채 주스 한 병, 헤어 컨디셔너, 딸기
요거트 묶음 한 개, 그릭 요거트 한 개, 치실 한 팩, 백설기 한 팩,
마늘 한 팩 등을 골라 현금 계산대로 향했다. 대부분 키오스크에서

직접 스캔하고 온라인 결제를 하기 때문에 현금 계산대에 상주하는
직원은 없다. 잠시 기다리자 직원이 다가왔다. 대충 금액을 확인하며
100위안이면 충분하리라 생각했지만, 혹시 모자랄까 싶어 중요도가
낮은 백설기와 마늘은 계산대에 올리지 않고 손에 들고 있었다.
다소 긴장감을 느끼며 계산 금액이 올라가는 걸 지켜봤다. 결국
걱정했던 대로 물건 값이 100위안을 넘었다. 나는 직원에게 100위안
지폐를 보여주며 돈이 부족하다고 양해를 구했다. 그리고 치실을
들어 취소를 요청했다. 손에 들고 있던 백설기와 마늘 팩도 옆으로
내려놓으며, 물건을 두고 가서 미안하다고 말했다. 직원은 괜찮다고
말하며 동정 어린 미소를 지어줬는데, 그 순간 그 미소가 내게는 작은
위로가 되었다.

슈퍼마켓을 나서는데 마음이 쓸쓸하고 복잡했다. 돈이 부족해서
골라놓은 물건을 다 사지 못한 것도 이상한 기분이었지만, 이제
100위안으로 살 수 있는 게 별로 없다는 사실이 섭섭하게 느껴졌다.
중국의 물가가 많이 오른 걸 이해하면서도 변화가 너무 빨리
일어나니 아쉬운 마음을 달래기가 쉽지 않다.

그 날 집에 돌아오자마자 제일 먼저 한 일은 온라인 결제 앱에
계좌를 설정하는 것이었다. 다음에는 물건을 맘 편히 골라
키오스크에서 스캔한 뒤 온라인으로 결제할 생각이다. 이제
100위안의 추억은 그저 마음속에만 담아둬야 할 듯하다.

　　　　　　　　100위안을 들고 중국 슈퍼마켓에 가면

다리미가 이렇게 귀할 일인가

중국으로 떠나며 꾸려야 할 필수 물품 중 다리미는 제외했다. 중국에 도착한 후 새로 구매할 생각을 했기 때문이다. 중국에는 대형 전자제품 매장이나 종합 쇼핑몰이 즐비해 있을 것이고, 거기서 원하는 다리미를 쉽게 고를 수 있으리라 믿었다. 언제든지 근처 상점 어디에서든 다리미 하나쯤은 쉽게 살 수 있을 것 같았다. 하지만 그것은 우리의 큰 착각이었다. 실제로는 다리미를 판매하는 상점을 좀처럼 찾을 수 없었다.

여러 상가를 찾아다니고, 전자제품 매장과 대형 생활용품 상점의 전자제품 코너도 여럿 둘러보았지만 어디에서도 다리미를 진열해 판매하는 곳은 없었다. 대체 이 동네 사람들은 다림질을 하지 않는 걸까? 그렇다면 저렇게 깔끔하게 다려진 옷들은 어디서 나오는 걸까? 정말 흔하디 흔한 물건이라 여겼던 다리미 하나를 구하지 못해 당황스러웠다.

결국 온라인 쇼핑을 떠올렸다. 아직 중국에서 온라인 쇼핑을
이용해 본 적이 없었기에, 사이트를 탐색하고 결제를 진행하는 모든
과정이 낯설고 조심스러웠다. 직접 보지 않고 물건을 사는 방식이
익숙하지 않기도 했다. 네덜란드에 살 때도 온라인 쇼핑은 거의
하지 않았고, 매장에서 구할 수 없는 특별한 물건에 한해 이용하는
정도였다. 가능하다면 중국에서도 오프라인 매장에서 실물을 보고
구매하고 싶었다.

하지만 당장 다림질해야 할 옷들이 생기고, 주변 어디에서도
다리미를 구할 수 없는 상황에서 결국 선택지는 하나뿐이었다.
인터넷으로 다리미를 검색해 여러 사이트를 살펴보았지만, 개인
정보를 입력하고 결제를 진행해도 될지 확신이 서지 않았다.
게다가 결제 과정에서는 원인을 알 수 없는 오류까지 반복됐다.
중국 온라인 쇼핑 초보자에게는 꽤 험난한 여정이었다. 그러던 중,
비교적 신뢰할 수 있어 보이는 대형 전자제품 회사의 공식 온라인
미니숍에서 마침내 다리미 주문에 성공했다. 기본 기능만 갖춘 소형
다리미였지만, 그 다리미를 '무사히' 주문했다는 사실만으로도
안도감이 들었다.

가격은 58위안*. 대략 8유로에 해당하는 다리미를 덜컥 주문하고
나니 뒤늦게 걱정이 밀려왔다. 과연 쓸만한 물건이 배송될까?

*   한화로 약 12,000원

                        다리미가 이렇게 귀할 일인가

하지만 주름진 옷을 펴야 하는 급한 상황이었기에, 쓸 수만 있다면 다행이라는 마음뿐이었다. 평소 같았으면 고려하지도 않았을 제품이었지만, '내일 배송'이라는 문구와 매끄럽게 진행된 결제 과정 덕분에 망설일 틈도 없었다. 결국 다리미를 손에 넣었다는 사실이 마치 보물찾기의 마지막 단계를 완수한 듯 기쁘게 느껴졌다.

오매불망 다리미가 배송되어 오기만을 기다렸다. 그리고 드디어 도착한 다리미 상자를 들어보는데 깃털처럼 가벼웠다. 평소에 써오던 다리미와 그 체급이 이미 다른 게 실감이 났다. 가격이 다르니 어쩔 수 없는 일이겠거니 생각하며 상자를 열어보았다. 아주 조그맣고 기본에만 충실한 다리미 하나가 담겨 있었다. 다리미를 보고 가족들은 모두 말을 아꼈다. 그중 내가 제일 말이 없어졌는데, 그래도 다리미가 집에 있는 게 어디냐는 마음가짐으로 내 헛헛한 마음을 달래야 했다. 정말 다림질이 되기는 할지 아이가 물어왔지만 솔직히 나도 장담을 할 수 없었다. 헛웃음이 났지만 그래도 한 번 사용이나 해보자 싶어 전원을 켰다. 힘을 주어 빳빳이 천을 왔다 갔다하니 주름이 펴지기 시작했다. 이렇게 가벼운 다리미로 가벼운 다림질을 하면서도, 이게 있어서 정말 다행이라는 생각이 들었다. 그만큼 간절했으니 찾고 있던 걸 찾아서 다행인 거라고.

다사다난했던 다리미 찾기 여정 후 한숨을 돌렸다. 그제야 여유를 갖고 지금까지의 상황을 되돌아볼 수 있었다. 대부분 온라인으로 물건을 구매하고 배송하는 게 일반화되다 보니, 중국에서도 일반 매장에 물건을 갖다 놓는 경우가 거의 없게 된 거라는 생각이 들었다. 다리미처럼 생활에 꼭 필요한 물건들까지 일반 상점에서 자취를 감추게 된 점이 안타까울 뿐이다. 이렇게 모든 물건이 주변 상점에서 점점 사라져 버리고 온라인에서만 구매를 할 수 있게 된다면, 온라인 쇼핑을 이용하고 싶지 않아도 어쩔 수 없이 온라인에서만 물건을 구매할 수밖에 없게 된다.

이러다 보면 동네 구멍가게라는 단어도 사라져 버릴 것 같다. 집 근처 가게에서 물건을 사며 정을 나누던 모습도 찾아보기 힘들 듯하다. 다리미 하나도 내가 직접 눈으로 확인하고 살 수 없다니, 어찌 보면 참 재미없는 세상이 되어 버렸다. 온라인 쇼핑이 저렴하고 편리하다는 점은 인정하지만, 소비자로서 실물을 보고 선택할 수 있는 기회가 줄어든다는 건 분명히 아쉬운 일이다. 선택의 여지 없이 온라인에만 의존해야 한다면, 이는 편리함이 아니라 제한일지도 모른다.

이런 움직임과 조금 다른 행보를 중국 시장에서 보이고 있는 회사가 하나 있다. 일본 회사지만 중국에서 눈에 띄는 성공을 이뤄내고 있는 브랜드다. 그 회사는 일반 생활과 관련된 대부분의 제품뿐 아니라 전자제품과 식품까지 취급하며 도심 곳곳의 쇼핑센터에 비교적 큰 매장들을 운영하고 있다. 한 번은 중심가에 있는 쇼핑센터에 간 적이

　　　　　　　　　다리미가 이렇게 귀할 일인가

있는데, 상점 대부분이 비어있어도 그 브랜드 상점에는 손님들이
가득했다. 필요로 하는 물건 대부분을 그곳에 가면 살 수 있다는 점과
좋은 질의 제품을 설득력 있는 가격에 파는 점, 그리고 가구 등을
취급하는 공간에서 손님들이 쉬고 있어도 직원들이 눈치를 주지 않는
점 등이 손님들을 모이게 하는 듯했다. 이에 더해 차별화된 모던하고
심플한 디자인도 눈길을 끈다. 대부분의 제품을 이미 중국 현지에서
직접 디자인하고 생산하며 현지화시킨 것도 중국인들의 눈길을
끄는데 도움이 된 것으로 여겨진다.

내가 지내고 있는 중국 도시에서 어딜 가나 볼 수 있는 상점은
대부분 프랜차이즈식 먹는 곳과 마시는 곳, 그리고 편의점이다.
간단한 물건, 또는 사람들이 바로 소비할 수 있는 것들을 파는
상점들만 길거리에 살아남는 시대가 되었다. 그 외의 수많은 물건은
온라인으로 배송이 되겠지만, 그 배송 쓰레기 또한 어마어마할 테니
여러모로 걱정스러운 마음이 든다.

100여 년 역사를 가진 네덜란드의 대표적 소매상 브랜드 하나가
최근 파산 신청을 했다. 그리 놀랍지 않은 게, 최근 들어 네덜란드의
주요 소매상 브랜드들의 경영난 소식은 종종 접하게 되는 흔한
소식이 되었다. 코로나 시기 동안 사업을 유지하기 힘들었던 점도
있겠지만 기본적으로 사람들이 상점에 가서 물건을 사지 않게 된
게 타격이 클 듯하다. 적은 인구 탓에 수요가 그리 많지 않았을 텐데

그마저도 온라인으로 소비의 중심이 옮겨갔기 때문이다.

어릴 적 내가 살던 동네의 전자제품 대리점은 그 거리에서 가장 환한 빛을 내던 공간이었다. 어둠이 내려도 그곳은 늘 찬란히 빛을 발하고 있었다. 진열된 스크린마다 다양한 이미지가 움직이는 모습은 지나는 행인들의 지루함을 잊게 만들어 주던 곳이었다. 다리미 하나를 직접 보고 사기 힘든 시대에 살아가다 보니, 동네에 있던 전자제품 대리점이 환하게 불을 밝히고 거리를 빛내던 그 시절이 그리워진다.

   다리미가 이렇게 귀할 일인가

자리에 앉으려고 뛰기 시작했다

'세상에, 대체 왜 그러는 거야.'

지하철에서 자리에 앉아 가기 위해 아이들이 뛰기 시작했다. 중국 생활에 이렇게나 빨리 적응한 것일까. 지하철 문이 열리자마자 사람들은 재빨리 뛰어 들어가 자리를 잡기 시작하고, 내 아이들도 그 무리에 섞여 함께 달린다. 나는 그런 폭풍 같은 무리에 합류할 엄두도 못 내고 천천히 뒤따라간다. 같은 승강장에서 환승을 할 때면, 스크린도어를 마주 보고 선 줄 맨 앞에서 고개를 빼꼼 내밀고 나를 찾아보는 아이들의 만족스러운 표정이 눈에 들어온다.

아이들이 지하철에서 자리를 잡으려고 경쟁하듯 뛰는 모습을 보고 있자니 만감이 교차한다. 어이없고 당황스러운 마음에 대체 왜 그러냐고 묻자 '다리가 아파서'라는 대답이 돌아온다. 더 황당하다. 네덜란드에 살 때는 지하철에 자리가 있어도 앉을 생각조차 하지 않거나, 서 있는 것을 더 좋아하던 아이들이었다. 그러니 이런 태도는 낯설 수밖에.

　네덜란드에서는 오랜 시간 서서 가거나 장거리로 걷는 일이 드물었다. 아이들은 어디든 혼자 자전거를 타고 다녔기 때문에 운동이나 산책할 때를 제외하고는 오래 걷는 일에 익숙하지 않다. 하지만 중국 지하철은 역 간의 거리가 네덜란드보다 훨씬 길고, 지하철 입구에서 플랫폼까지도 상당히 먼 거리를 걸어야 한다. 출구로 나가거나 환승을 하려면 오랜 시간을 걷는 경우도 많다. 아이들이 자꾸 이런 상황을 반복해서 겪다 보니 자연스럽게 자리에 앉지 않으면 매우 힘들다는 걸 깨닫게 된 것이다. 설령 몇 정거장만 간다고 하더라도 이미 익숙했던 네덜란드의 환경과는 비교할 수 없는 먼 거리를 서서 이동해야 한다는 걸 알기에, 자연스레 앉아서 가는 것이 중요하다는 걸 받아들이게 되었다.

　게다가 중국의 지하철은 항상 사람이 많아 서 있을 공간이 부족하고, 서서 가다 보면 사람들과 부딪히거나 불편한 일을 겪기 쉽다. 네덜란드 지하철은 출퇴근 시간을 제외하면 비교적 여유롭기 때문에 앉든 서든 공간의 불편함이 없다. 중국에 와서 처음 지하철을 탔을 때는 옆 사람과 가까이 앉는 것이 낯설어 자리가 있어도 서서 가겠다고 고집하던 아이들이었다. 그러나 이제는 누가 옆에 앉든 상관하지 않고 빈자리를 발견하면 행복한 얼굴로 앉아 간다.

　환경이 사람의 행동을 이렇게까지 변화시키는 모습을 직접

　　　　　　　　　　　　자리에 앉으려고 뛰기 시작했다

보게 되리라고는 예상치 못했다. 그렇기에 아이들의 이런 변화가 낯설면서도 재미있다. 나중에 다시 네덜란드로 돌아갔을 때 이 아이들은 지하철에서 앉기 위해 경쟁적으로 뛰던 자신의 모습을 어떻게 기억할지 궁금하다. 여전히 앉는 자리에 집착할지, 아니면 예전처럼 서서 가는 걸 다시 편하게 여길지는 모르겠지만, 지금의 경험이 재밌는 추억으로 남게 될 것 같다.

은애의 대상

중국어 선생님이 제시한 단어는 은애였다.

은애… 속으로 그 뜻을 헤아리고 있는데 선생님이 내게 예시 문장으로 질문을 해왔다. 내 부모님이 서로를 은애하는지를 묻는 말이었다. 내가 잘 모르겠다고 대답하자 선생님은 당황스러운 표정을 지으며 재차 같은 질문을 했다. 아마 선생님은 내가 당연히 '두 분은 서로를 은애합니다.'라고 답할 줄 알았나 보다. 평소 생각해 본 적이 없거나, 그렇게 생각하지 않거나, 굳이 그런 부분을 타인에게 말하고 싶지 않을 수도 있는 건데. 언어 수업에서도 문화의 차이를 느낄 수밖에 없다. 만약 네덜란드에서 네덜란드어 수업을 들었다면, 일반적으로 저런 질문은 수업에서 다뤄지지 않았을 거라는 생각이 든다. 보통 사생활을 묻는 질문은 하지 않는 게 그들의 문화이기 때문이다. 중국에서는 가족과 관련된 질문을 종종 스스럼없이 듣게 된다. 개인을 이해하려면 가족은 그중 기본적인 질문이 될 수도 있으니 이곳 문화로 이해해야 하는 부분이다.

　나는 순순히 대답하지 않고 미소를 띤 채 정확히 잘 모르겠다고 대답했다. 선생님의 당황하는 모습을 보는 것도 재미있었다. 그런데 이쯤 되면 다른 단어로 넘어갈 수도 있는데, 왠지 선생님은 그럴 생각이 없는 듯했다. 질문을 바꿔 다시 내게 물어왔기 때문이다. 이번에는 내게 남편을 은애하는지 물었다. 이 부분은 내 이야기이니 두루뭉술하게 대답할 필요가 없어 얼른 답을 했다. 그러자 선생님은 왠지 놀라워하는 반응을 보였다. 뒤이어 누군가를 은애한다는 걸 어떻게 묘사할 수 있는지 되물어 왔다. 나는 내가 사용할 수 있는 수준의 어휘 능력 안에서 은애하는 사람을 대하는 태도에 대해 최대한 유려한 문장을 지어 대답했다. 요약해서 말하자면 은애하는 사람에게는 자연스럽게 관심이 쏠리기 마련이며, 그 사람이 좋아하거나 필요로 하는 것을 유심히 관찰하고 기억해 두었다가 적절한 순간에 표현하는 것이 은애의 방식일 것 같다는 설명이었다. 내 답을 들은 선생님은 뭔가 이해를 한 듯한 표정으로 '은애하는 사람에게는 그래야 되는 거군요.'라고 말했다.

　그러면서 선생님은 여전히 다음 단어로 넘어갈 생각이 없는지 이번에는 또 다른 질문을 해왔다. 은애의 대상이 누구일 수 있는지에 대한 물음이었다. 내가 뜻을 잘 이해했다면, 은애의 대상은 내가 사랑하는 사람일 것이다. 그래서 나는 내가 사랑하는 사람이 은애의 대상이 될 수 있다고 답했다. 여자 친구든 남자 친구든 내가 사랑하는 사람이면 은애의 대상이 될 수 있다고 했다. 그랬더니 선생님은 틀렸다고 말했다. 은애의 대상은 애인만 될 수 있다는 거였다. 그래서 나는 여자 친구든 남자 친구든 애인이 될 수 있고, 그러면 그 사람은 내 애인, 즉 은애의 대상이 될 수 있다고 답했다. 그랬더니 선생님은 또 틀렸다고 말했다. 은애의 대상은 동성일 수 없다고. 혼란스러웠지만 나는 곧 선생님과 내 생각의 다른 점을 깨달았다.

중국어 선생님에게 은애의 대상은 혼인관계에 기반한 이성의 애인을 뜻하는 거였고, 나는 혼인과는 별개로 이성이든 동성이든 상관없이 사랑하는 사람이 애인이 될 수 있음을 말하고 있는 거였다. 네덜란드와 중국 간의 문화 차이가 극명히 드러나는 부분이었다. 네덜란드에서는 이 부분을 거리낌 없이 드러내고 함께 이야기한다. 그러나 중국에서는 보통 그 부분을 소통에서 제외하는 게 일반적인 듯하다. 선생님과 나는 애인이 될 수 있는 대상이 누구인지에 대해 공통된 의견을 가지고 있지 않았다. 그러므로 은애의 대상이 누구일 수 있는지에 대해서도 동의할 수 없었다. 수업의 진행을 위해 특정 대상만이 은애의 대상이 될 수 있다는 선생님의 의견에 나는 그저 이해했다는 답을 할 수밖에 없었다.

그러고 보니, 네덜란드에서는 유달리 무지개색을 여기저기서 많이 볼 수 있었다. 무지개색 깃발 및 소품 등으로 성적 다양성에 대한

   은애의 대상

존중과 지지를 자연스럽게 표현한다. 매년 암스테르담 도심에서는 무지개색이 여기저기 흥겹게 빛나는 세계적인 페스티벌이 열린다. 무지개색으로 온몸을 치장한 채 페스티벌에 가족이나 친구들과 함께 가서 즐거운 시간을 보내는 이들이 많다. 그들에게 당신을 은애한다는 말의 의미와 그 은애의 대상을 정의해 보라고 묻는다면 어떤 대답을 듣게 될지. 다양한 대답이 나올 수 있지만, 내 중국어 선생님의 생각과는 다른 대답을 들을 가능성도 있을 듯하다. 이처럼 문화의 차이에 따라 답이 달라질 수는 있지만, 어느 것이 옳고 그르다 말할 수 있는 차이는 아니라는 생각을 해 본다.

수상한 빵 봉지

벨이 울렸다. 문을 열었더니 관리실 직원이 서 있었다.
고장난 인터폰을 고치러 온 줄 알았기에 반가운 마음으로 문을 활짝
열어주었다. 그런데 문 손잡이에 투명한 비닐봉지 하나가 걸려
있었다. 관리실 직원이 자신이 가져온 봉지를 잠시 걸어둔 것 같았다.
나는 그를 따라 집 안으로 들어오면서 비닐봉지를 들고 들어왔다.
인터폰 옆에 서 있는 직원에게 비닐봉지를 보여주며 그의 것인지
물었다. 그는 아니라고 웃으며 손을 저었다. 그 직원은 현관문에
도착했을 때, 이미 그 봉지가 손잡이에 걸려 있었다고 했다.

그제야 나는 비닐봉지 안을 자세히 들여다봤다. 여러 개의
종이봉투 안에는 각각 다양한 종류의 빵이 하나씩 들어 있었다. 얼핏
보기에도 꽤 먹음직스러웠다. 혹시나 하는 마음에 비닐봉지를 더
살펴봤지만 별다른 메모는 없었다. 빵이 든 종이봉투는 밀봉도 되어
있지 않았다. 누가, 왜, 우리 집 문고리에 이 빵봉지를 걸어두었는지

설명은 없었다. 빵은 하나하나 맛있어 보였다. 하지만 출처를 알 수 없어 덥석 받기에는 조심스러웠다. 밀봉도 되어 있지 않아 먹기도 찝찝했다. 누군가 우리 집을 찾아와 일부러 걸어둔 것 같기는 했다. 그러나 그 의도와 출처가 불명확하니 그냥 둘 수도 없는 노릇이었다. 나는 조심스럽게 비닐봉지를 묶어 엘리베이터 옆 창문 고리에 걸어두었다. 혹시 잘못 전달된 것이라면 가져다 둔 사람이 다시 찾아갈 수도 있을 것 같았다. 남겨져 있더라도 청소하는 분이 치울 거라는 생각이 들었다. 내 것이 아닌 물건을 그냥 쓰레기통에 버리기도 애매해 그 방법이 가장 적절해 보였다.

혹시 같은 층 이웃이 걸어둔 것일까 싶어 비닐봉지 안을 열심히 살핀 이유도 있다. 그러나 빵 외에는 아무것도 들어있지 않았다. 사실 나는 같은 층에 사는 이웃에게 막연한 호기심을 갖고 있었다. 우리가 이사 왔을 때 그 집은 비어 있었는데, 어느 날부터인가 사람이 드나드는 흔적이 보였다. 하지만 누군가 계속 사는 것 같지는 않았다. 언젠가 마주치게 되면 인사를 나눠야겠다는 생각만 하고 있었다. 처음 중국으로 이사 왔을 때 이웃들과의 관계가 보통 어떤 식인지 궁금해서 몇몇 현지인들에게 물어본 적이 있다. 이사 후 이웃에게 인사를 하러 갈 생각이었기 때문이다. 인사 선물로 무엇을 가져가야 할지, 이웃끼리 선물을 주고받는 게 자연스러운 일인지 조언을 듣고 싶었다. 그러나 대답을 듣고 약간 당황하고 실망할 수밖에 없었다.

奶酪棒面包
TOUS les
多乐2
35
燕麦黑加仑贝果
¥13/个
巴旦木奶油芝士起酥
¥14.8
JUST BAKED
北海盐面筋
O反式脂肪
非氢化棕榈油
印尼椰子油
全年累计销量
1000万
TOUS les JOURS

요즘에는 이웃끼리 인사도 하지 않고 지내기도 한다는 얘기였다.

남의 일에 간섭하지 않으려는 분위기 때문이라고 했다. 또는 부끄러움이나 쑥스러움 때문일 수도 있다고 했다. 현관 앞에서 마주쳐도 인사를 주고받지 않는 게 일반적이라고 했다. 이사 왔다고 굳이 인사하러 가는 일도 거의 없다고 했다. 네덜란드에서 하던 방식대로 인사를 나누고 싶었다. 하지만 들은 이야기를 고려해 나도 현지식에 따르기로 했다. 괜히 사생활을 침해하는 행동으로 부담을 주고 싶지 않았고, 이게 이곳의 문화라면 따르는 게 맞다고 생각했다.

네덜란드에는 이웃의 날이 있다. 그 날이 되면 같은 골목의 이웃들이 모여 음식을 나누고 게임을 즐긴다. 아이들이 놀 수 있는 시설도 마련된다. 더 엄밀히 말하면 네덜란드에만 있는 날은 아니고 유럽 곳곳에서 2000년대 초에 시작된 문화다. 지금은 여러 나라가 참여하고 있고, 매년 많은 사람이 이날을 즐긴다고 한다. 평소 교류가 없던 이웃들도 이 날을 통해 만날 수 있다. 서로가 함께 살아가는 이웃임을 인식하게 된다. 꼭 이웃의 날이 아니더라도 내가 살던 네덜란드의 동네에서는 인사를 나누고 서로 도우며 지내는 일이 자연스러웠다. 이사를 하면 앞집과 옆집에 인사를 나누는 것이 기본이다. 급할 때를 대비해 열쇠를 서로 맡기기도 한다. 택배나 우편물을 대신 받아주는 일도 흔하다. 물론 성격이 맞지 않거나 갈등이 생겨 사이가 좋지 않은 이웃도 있다. 하지만 가족이나 친구처럼 지내는 이웃도 종종 볼 수 있다.

수상한 빵 봉지를 두고 이런저런 생각에 바빴던 하루가 지나갔다. 다음 날 밖에 나가보니 빵 봉지는 사라져 있었다. 청소하시는 분이 치웠을 수도 있고, 걸어둔 사람이 다시 가져갔을 수도 있다. 별일 아닌 해프닝으로 끝났지만, 그 빵 봉지 덕분에 이웃에 대해 다시 생각해 보게 됐다. 비록 인사 없이 지내고 있는 사이라도, 내가 이 세상을 혼자 살아가는 게 아니라는 걸 일깨워주는 존재가 이웃일 수 있다.

혼자 살아갈 수 없기에 함께 살아가는 것이 우리들의 삶이라는 생각이 든다. 그리고 그 함께 하는 삶 속에는 이웃이 존재한다. 작은 변화를 위해 수상한 빵 봉지 대신 작은 쿠키 상자를 한 번 건네봐야겠다는 생각을 해보는 이유다.

샨티 아주머니의 세 아들

샨티 아주머니에게는 아들이 셋 있다. 듬직한 첫째, 성실한 둘째, 잘생긴 셋째. 생각만 해도 마음을 꽉 채우는 존재들이다. 무럭무럭 자라서 모두 각자의 길을 찾아 나섰다. 큰아들은 옆 대도시의 공기업에서 근무를 시작했고, 마음이 넓고 따스한 미소를 지닌 부인과 자녀 둘을 키우며 지냈다. 둘째 아들은 부모님과 함께 고향 마을에 살며 상점을 열고 장사를 하고 있었다. 차분하지만 섬세하게 자신과 주변을 챙길 줄 아는 부인을 만나 토끼처럼 귀여운 아들 하나를 얻어 살아가고 있었다. 막내아들은 멀리 떨어진 대도시로 나가 호텔에서 일했다. 멋진 외모와 큰 키로 어디서든 사람들의 이목을 끄는 막내아들은 말솜씨가 좋고 춤과 노래에도 뛰어났다. 언젠가는 영화배우가 되겠다는 꿈을 마음속에 간직하고 있었다고 한다. 발리우드 영화에서 나온 것 같은 아리따운 부인을 만나 영화 속 아역배우처럼 생긴 어린 아들과 함께 행복한 삶을 살아가고 있었다.

　과묵하고 무심한 듯해 보이지만 아내의 말을 아껴주는 남편과 샨티 아주머니는 평생을 고향 마을에서 평온하게 지내왔다. 그 평온함의 기준은 사람에 따라 달라지겠지만, 샨티 아주머니는 아이들이 별문제 없이 건강하게 살아가며 자신들의 인생을 스스로 헤쳐 나가고 있어 마음이 평화로웠다. 몇 년 전에는 아들들이 돈을 보태고 부부가 모은 돈을 합쳐 집을 새로 개조해 동네에서 제일 높은 삼 층 집을 완성했다. 둘째 아들네가 함께 살고 있고, 다른 아들네 가족이 고향 마을을 방문할 때면 온 가족이 편하게 머물 수 있는 공간이 충분한 집이 생겨 아주머니는 만족스러웠다. 이만하면 됐다는 생각을 하며 지냈다. 이 정도로만 살아가면 더 바랄 게 없을 거라고.

　하룻밤을 머물게 된 낯선 사람에게 샨티 아주머니는 평안한 휴식을 베풀어 주었는데, 수줍은 듯 은은한 미소를 지으며 이야기를 나누는 모습이 둘째 며느리와 모녀 사이라 해도 이상하지 않을 정도로 그 집의 여인들은 닮아 있었다. 이미 다른 도시에서 셋째 아들 가족을 만나고 왔다고 하니 유독 더 반가워하며, 자주 보지 못하는 아들에 대한 그리움이 얼굴 가득 묻어나는 게 느껴질 정도였다.

　오랜 시간이 흐른 후, 다시 찾은 샨티 아주머니의 집은 낮임에도 어둠이 잠들어 있는 듯했다. 나를 본 샨티 아주머니는 미소를 지으려는 의도를 알아차릴 정도로만 희미하게 얼굴 근육을 움직이며

　　　　　　　　　　　　　샨티 아주머니의 세 아들

인사를 건네왔다. 그러고는 내게 둘째 며느리가 지내고 있는 방으로
가서 얘기를 좀 나눠달라고 부탁했다. 그녀의 조심스러운 말에는,
비슷한 또래인 내가 가서 말을 건네고 대화를 나누다 보면 며느리의
마음이 조금은 위안을 얻을 수도 있을 거라는 소망이 담겨 있었다.
지나가는 바람 같은 내 존재가 스스로를 방에 가둔 채 침잠해 가고
있는 젊은 여인에게 조금의 빛이라도 가져다주기를 바라는 마음이
느껴졌다.

　방 안으로 들어가자 혼자 우두커니 침대 가장자리에 앉아 있는
젊은 여인이 보였다. 얼마 전 남편을 잃은 여인. 어느 날 갑자기
인사말 하나 없이 남편을 떠나보내고 어린 아들과 함께 시댁에
남아 살아가고 있는 젊디젊은 여인. 그 여인의 마음을 내가 무슨
말로 위로할 수 있을지, 걸음걸이를 한 발짝씩 옮겨 그녀에게
다가가는 것조차 조심스러웠다. 마을에 축제가 있던 날이었다고
한다. 축제 준비를 돕던 그녀의 남편, 샨티 아주머니의 둘째 아들은
그날 갑작스럽게 발작을 일으킨 후 죽음을 맞았다. 처음 그 소식을
들었을 때 나는 농담인 줄 알았다. 그만큼 비현실적인 일이었다.
우리 삶에 흔히 일어나지 않을 것 같은 그런 일인데, 그녀들에게
그런 일이 일어났다는 사실이 쉽게 믿어지지 않았다. 그래서 그
마음이 어떨지 가벼이 가늠해 볼 수 없었고, 어떤 말로 보듬어 줄 수
있을지 쉽게 말을 찾을 수가 없었다. 원래 말이 없던 사람이 더 말이

없어져 있었다. 나는 그저 그녀에게 바깥세상 이야기를 이것저것 주절거렸다. 그녀와 아무 상관없을 것만 같은 이야기를 들려줘야 그녀를 현실에서 조금 벗어날 수 있게 해 줄 것 같았다. 삼십여 분 정도 그러고 있으려니 그녀의 어린 아들이 유치원에서 돌아와 그녀의 옆에 앉았다. 아들을 꼭 품에 안은 그녀를 두고 나는 방을 나왔다. 잘 지내라는 말을 할 수 없었고, 또 보자는 빈말도 할 수 없어 말없이 희미한 미소를 지으며 그곳을 떠났다.

샨티 아주머니와 둘째 며느리가 머물고 있는 그 집을 가끔 생각하며 지내던 어느 날, 나는 그 집에 또 다른 어둠이 스며들었다는 소식을 듣고 한동안 말을 잇지 못했다. 호텔에서 일하며 영화배우를 꿈꾸던 셋째 아들, 자신 못지않게 영화배우처럼 아름다운 아내와 어린 아들과 행복한 삶을 살아가던 그가 고향 마을로 돌아왔다는 거였다. 샨티 아주머니는 그날 무너져 내렸다. 사고로 더 이상 다리를 움직이지 못하게 된 아들을 끌어안고 아주머니는 한동안 말을 잇지 못했다고 한다.

샨티, 평화라는 뜻이다. 그녀의 인생에 샨티만 가득한 줄 알았다. 그녀의 웃음에, 환한 미소에 샨티만 가득해 보였기 때문이다. 하지만 삶은 시간의 흐름과 함께 변해가고, 원하는 대로 흐르지 못하는 게 삶의 시간인 걸까. 샨티 아주머니의 시간은 그녀의 평안한 삶을 가만히 그 모양대로 흘러가게 두지 않았다. 흐르는 시간이 다시 샨티

    샨티 아주머니의 세 아들

아주머니의 집에 빛을 스며들게 해주기를, 그녀에게 다시 평화로운
시간이 흐르게 되기를 마음을 담아 소망해 본다.

적절한 대화 상대

중국에 온 후로 상점에 가서 물건을 사는 일이 새로운
모험처럼 느껴질 때가 있다. 익숙하지 않은 언어와 물건들의 이름도
어렵지만, 일상생활에서 사용하는 물건들의 종류가 달라서 더욱
그렇다. 하루는 그런 모험을 하는 기분으로 아이와 함께 상점에
갔다. 필요한 물건을 찾지 못하고 있던 아이는 상점 직원에게 다가가
질문을 했다. 그런데 직원은 아이의 질문을 다 들은 후, 고개를 돌려
나에게 대답을 하기 시작했다. 질문을 한 아이도, 직원과 눈을 맞추고
대답을 듣고 있는 나도 각자 다른 이유로 당황스러웠다. 보통은
질문을 한 사람과 눈을 맞추며 대답을 하는데, 이 직원은 질문을
한 아이 대신 옆에 서 있던 어른인 나에게 시선을 두고 대답했기
때문이다. 이 상황에서 아이는 대화의 일원으로 포함되지 않았다는
느낌을 받았을 거였다. 마치 '어른들이 말하는데 아이가 끼어들
자리가 없다.'는 듯이 말이다.

처음에는 그 직원이 개인적으로 그런 성향을 가진 사람이라고
생각했다. 그러나 중국에서 지내며 몇 번 이런 일이 반복되다
보니 그것이 일반적인 상황이라는 생각이 들었다. 처음에는 상점
직원에게 직접 문의하던 아이도 이제는 나에게 대신 물어봐 달라고
한다. 질문한다 한들 자신을 대화 상대로 인정해 주지 않는다는 걸
알고, 그것을 받아들이기로 한 듯한 모습이다. 대화 상대로 존중을
받지 못하고 어린 존재로 취급을 당하는 게 그리 기분이 좋지는 않은
듯하다.

중국에 와서 느낀 차이점 중 하나가 바로 이것이다. 이곳에서는
아이들이 독립적이고 주체적인 존재로 인정받기보다, 어른들의
보호 아래에서 의사 결정을 의지해야 하는 대상으로 여겨지는 것이
일반적이다. 아이와 어른의 기본적인 사회적 지위와 대우에서 뚜렷한
차이를 보인다. 네덜란드에서는 아이가 자신의 의사를 결정할 수
있는 나이가 되면 그 아이의 의견을 존중한다. 서로 간의 의사 교환과
결정권을 존중해 주는 분위기이기도 하다. 그러나 중국은 아이가
자신의 생각을 말하고 선호하는 것을 선택할 수 있는 상황에서도,
부모와 먼저 상의하고 결정을 내리는 것이 자연스럽다. 자신의
의견을 이미 말했음에도 불구하고 결국 부모에게 다시 묻고 허락을
받아야 하는 상황이 오는 것이다. 네덜란드 방식으로 자란 내 아이는
이를 이해하지 못하고 혼란스러워한다. 그런 아이에게 문화 차이를

설명하며 이해해야 할 부분이라고 말하면서도 부모인 나 역시 이런 상황이 그리 반갑게 느껴지지 않는다. 아이의 의견을 존중하고 독립적인 결정을 내리도록 돕는 분위기와는 다소 거리가 있다는 생각이 들기 때문이다.

네덜란드에서는 아이들이 어렸을 때부터 독립심을 키우고, 자신의 삶과 관련된 대부분의 일을 직접 선택하고 결정해 가는 것이 일반적이다. 어린이나 청소년이라고 해서 진지한 대화 상대로 여겨지지 않는 경험을 할 일은 거의 없다. 아이가 상점에서 점원에게 무언가를 문의한다고 해서, 어른이 점원에게 문의할 때와 다르게 취급받거나 대답을 듣지 못할 일은 특별한 상황이 아닌 이상 생기지 않음을 의미한다. 일상적인 대화 속에서 아이와 어른을 구분해 대화하는 일이 거의 없기 때문이다. 이 점은 문화 차이의 일환일 수 있다. 중국은 효경 사상이 강한 나라다. 그래서 어린 사람이 나이 많은 사람을 공경해야 한다는 가치가 사회적으로 강조된다. 이러한 문화에서는 어른과 아이가 동등하게 대우받는 것이 어려울 수 있다. 따라서 아이는 어른의 말에 말대꾸하지 않는 것이 옳은 것이라 여겨질 수 있다. 아이의 의견이 어른의 의견보다 존중받기 어려운 것이 현실이다. 문화적인 요인이 클 수밖에 없는 부분이라는 생각이 든다.

유교권 국가에는 '관례'라는 문화가 있다. 이는 아이가 어른이

되었음을 알리는 의례로, 전통사회에서 성인이 되는 날에 의식을
갖던 것을 일컫는다. 관례는 어린 시절에서 성인으로의 전환을
상징하며, 사회 구성원으로서의 책임을 지게 됨을 의미한다. 관례를
치르기 이전의 나이는 사회에서 미성숙한 존재로 여겼음을 뜻하기도
한다. 같은 맥락에서 이해하면, 효도를 중요한 가치로 여기는 가족
제도에서는 연장자가 권위를 지니는 게 자연스럽다. 따라서 나이가
어린 사람은 연장자와 상하관계에 있다는 생각이 강하게 자리 잡고
있다.

　네덜란드에는 '어린이 위원회kinderraad'와 '어린이
시장kinderburgemeester'이라는 제도가 있다. 어린이 위원회는 대략
열다섯 명의 초등학교 고학년생으로 매년 새롭게 구성된다. 그와
함께 어린이 시장도 선출되며, 어린이 의원회를 대표하는 역할을
수행한다. 네덜란드의 대부분의 지역 의회는 매년 정식 절차를 거쳐
선출된 어린이들로 어린이 의원회를 구성해 공식적으로 발표한다.
어린이 위원회나 어린이 시장 제도의 배경에는 어른들이 어린이들의
의견을 경청하고 그들의 의견을 존중하는 태도가 깔려 있다. 실제로
어린이들이 지역의회의 시장 및 주요 인사들을 만나 공식 행사에
참여하거나 어린이들을 위한 정책을 논의하는 자리에서 함께 의견을
내기도 한다. 많은 어린이를 대변해 목소리를 내는 기회를 제공하는
것과 같다. 더불어 미래 지역 사회의 주인이 될 어린이들이 자신들의

미래를 만들어가는데 직접 참여하는 것에 큰 의미를 둔다.

어린이들은 공식적인 투표권이 없다. 그렇기에 어린이 위원회와 어린이 시장 제도는 투표권이 없는 아이들도 지역 사회의 중요한 일원이라는 인식을 심어주는 기회가 된다. 어린이가 의견을 마음껏 표현할 기회와 시간을 제공하는 것, 그리고 그들의 말을 진지하게 듣고 함께 일하는 것이 사회 전반에서 중요하게 여겨진다. 또한 이러한 기회를 통해 성인이 되면 겪게 될 사회적 책임 역시 미리 연습할 수 있게 된다. 이런 제도들은 성인과 어린이가 서로를 존중하며 함께 살아가는 사회를 만들어 가는 중요한 방식으로 인정된다. 매년 어린이 위원회와 어린이 시장 선출 과정 및 최종 선발된 인원에 대한 소식이 지역 뉴스에서 비중 있게 다뤄지고, 그들의 활약상이 일년 내내 지역 사회에 소개되는 것도 이런 이유 때문일 것이다.

네덜란드는 세계에서 가장 행복한 어린이 설문조사에서 상위권에 꾸준히 이름을 올리고 있다. 여러 복합적인 원인과 배경이 있겠지만, 네덜란드의 아이들이 행복한 이유를 이해해 볼 수 있는 작은 단서가 어린이 위원회 제도에 잘 나타나 있는 듯하다. 그와 같은 정책을 통해 아이들이 자신의 목소리를 낼 수 있고, 이를 진지하게 받아들이는 사회적 분위기가 행복한 아이들을 만들어 가는 중요한 요소가 되어준 거라는 생각을 해보게 된다.

　요즘은 중국 상점에 가서 아이가 주저하거나 망설일 때, 나는 아이에게 먼저 나서서 질문을 하도록 권유한다. 만약 점원이 아이 대신 나를 보고 대답을 한다면, 아이에게 직접 얘기해 달라고 부탁을 해보기도 한다. 문화적인 차이를 이해하지만, 이 부분에 대해서는 이렇게 하는 것이 옳다고 생각한다. 다름을 받아들이면서도 본인의 선택에 따라 적절히 절충해 가며 살아가는 것도 다른 문화권 안에서 순조롭게 살아가는 방식이 아닐까 싶다.

잊히지 않는 순간

생각만 해도 아찔해 잊고 싶지만 그 아찔함이 너무 깊숙이 뇌리에 박혀 문득문득 떠오르는 일들이 있다. 그런 순간은 길모퉁이를 돌아 뒤를 보면 이미 사라질 만큼 짧은 찰나에 일어나기도 한다.

아이들과 함께 동물원이 있는 놀이공원에 갔던 날이었다. 네덜란드에서 새로운 동네로 이사한 후 아이들에게 집 근처에 이렇게 멋진 곳이 있다는 걸 보여주기 위해 그곳을 찾았다. 화사한 봄기운이 감도는 맑은 날씨에 우리는 모두 기분이 좋았고 행복한 하루라는 생각을 하며 공원을 거닐었다. 동물들을 구경하며 사육사의 설명도 듣고 동물들에게 각기 다른 먹이를 주는 프로그램이 있다는 소식에 기쁜 마음으로 참여했다. 네 바퀴 달린 손수레에는 고기와 생선, 채소, 과일 등이 담긴 양동이가 가득 차 있었고 앞으로 마주할 동물들의 식사 시간이 더욱 기대되었다. 양동이가 하나둘 비워져 거의 끝자락에 이르렀을 때 우리는 언덕 위로 이어진 길을 걷고 있었다. 그때 큰아이가 화장실에 가고 싶다고 말했다. 곧 그룹이 언덕 아래로 내려갈 거라고 생각한 나는 작은아이에게 사육사 옆에 꼭 붙어 그룹을 따라가라고 말한 뒤 큰아이와 화장실에 다녀왔다. 다시 언덕 위로 돌아와 내리막길을 걸으며 그룹을 찾아갔지만 내 발걸음에는 왠지 모를 조바심이 가득했다.

설마 하는 마음이 들었고 점점 아득함과 막막함이 밀려오면서 불안이 심장을 쿵쾅거리게 했다. 언덕을 다 내려왔는데도 있어야 할 그룹이 보이지 않았다. 사육사도, 수레도, 내 아이도 보이지 않았다. 어디로 가야 할지 몰라 주변만 맴돌다가 결국 그룹이 출발했던 곳으로 되돌아가 보기로 했다. 생각보다 우리가 늦었거나 그룹이 빨리 움직였을 수도 있다고 생각했다. 그러나 돌아간 곳 역시 아무도 없었다. 울음이 터지기 직전 간신히 감정을 억누르며 동물원 안내 데스크로 달려갔다.

직원 앞에서 말을 하려는데 울음이 이미 목에 가득 차 말이 나오지 않았다. 내 표정을 보고 직원이 뭔가 느꼈는지 내가 "아이를…"이라고 말을 끝내기도 전에 "연락이 왔어요. 사육사님과 함께 있대요."라며 재빨리 말을 건넸다. 그 말을 듣고 나서야 눈물이 흘러내렸다. 그렇게 강렬한 감정 변화를 느낀 건 오랜만이었다. 직원에게 고맙다는 말을 몇 번이나 했는지 기억도 나지 않을 정도로 반복한 후 나는 사육사와 아이가 있는 곳으로 향했다.

　폭풍 같은 감정이 지나간 후 어디서부터 잘못되었는지 되돌아보면 대부분 헛웃음이 나올 만큼 단순한 실수나 오해에서 비롯된 경우가 많다. 언덕 위에서 내려오며 나는 일직선으로 갔지만 그룹은 왼쪽 사잇길로 연결된 조류 공간으로 들어갔던 것이다. 분명히 사육사가 다음은 그 공간으로 이동한다고 했겠지만 내리막길에 들어서며 그룹이 보이지 않자 당황한 나는 그 말을 완전히 잊어버린 것 같았다. 안내 데스크에서 알려준 곳에 가니 사육사가 아이와 함께 우리를 기다리고 있었다. 멀리서 아이를 보면서도 바로 달려가서 안아줄 수가 없었다. 너무 미안했기 때문이다. 다행히 사육사가 아이를 안심시키고 다독인 덕에 아이는 겁먹거나 울지도 않았다. 아이의 손목에는 특별한 선물로 받은 노란 밴드가 채워져 있었다. 용감한 어린이만 받을 수 있는 선물이라며 아이는 내게 밴드를 자랑스럽게 보여주었다.

　나는 뜨거운 눈빛으로 사육사에게 아이를 다시 데리고 와줘서 고맙다는 마음을 전했다. 여전히 감정이 뜨거워 입 밖으로 목소리가 나오지 않았다. 그렇게 그날 나는 마음으로 울었다. 한동안 우리는 그날의 기억과 감정에 대해 이야기하지 않았다. 한참 후 하루는 아이에게 조심스레 물어본 적이 있다. 그날 무서웠느냐고. 사실 엄마가 왜 안 오는지 조금 무서웠는데 사육사가 동물 밴드를 채워줘서 괜찮아졌다고 했다. 사육사가 엄마가 곧 올 거라고 해서 별로 걱정하지 않았다고 했다. 엄마가 안 올 이유가 없다는 생각이 들었다는 아이의 말을 들으며 정말 다행이라고 다시 생각했다. 길 하나 제대로 찾지 못하는 엄마지만 아이가 믿을 만한 엄마였구나 싶었다. 그리고 그 순간 아이를 안심시키려 노력해 준 사육사가 있어 정말 다행이었다.

지금도 그날의 아찔한 감정은 마치 방금 일어난 일처럼 생생하다. 고개를 흔들어 떨쳐내고 싶을 정도로 아찔하지만 완전히 잊고 싶지는 않다. 그때의 아찔함을 기억해야 다시는 소중한 무언가를 놓치지 않을 것 같기 때문이다. 그래도 그 순간의 감정은 인생에서 다시는 느끼고 싶지 않을 만큼 아찔했다. 잊히지 않는 순간의 아찔함이었다고 요즘도 혼자 조용히 되뇔 때가 있다. 별일 아닌 듯 지나 정말 다행이라고 가끔 아이의 손을 잡으며 생각한다.

화려하지 않아도

누구에게나 남들에게 보이고 싶지 않은 순간이 있다. 바닥에
닿아 있는 것 같은 그런 느낌이 들 때다. 완벽하게 가꾼 외모에서
자신감을 얻는 사람이라면 초라한 모습으로 사람들을 만나는
일은 피하고 싶을 수 있다. 피할 수 없다면 그 충격을 최소화할
방법을 찾으려 들 것이다. 아마도 그는 그런 점들을 고려해 우리를
선택했을지도 모른다.

그에 대한 기억은 두세 번 스치듯 만나 짧은 대화를 나눈 정도로만
남아 있었다. 하지만 짧은 순간 속에서도 그에게 느낀 이미지는
내가 들었던 이야기들과 맞물려 고정된 인상을 남겼다. 그는 항상
활기차고 에너지가 넘치는 사람 같았다. 사교적인 사람은 상대에게
호감을 느끼게 하는 데 능숙한 것처럼 그 역시 온몸으로 그런 호감을
표현할 줄 아는 사람이었다. 그는 그와 연관된 모든 파티에 빠지지
않고 참석하는 사람이었다. 사람을 만나다 보면 결이 다르다고

느끼는 경우가 있는데, 그를 처음 만났을 때 나는 그가 나와 결이 다른 사람이라고 느꼈다. 이는 좋은 사람, 나쁜 사람을 구분하는 개념이 아니라 관심사나 생활 방식의 차이 정도로 이해할 수 있다.

그가 세계적인 럭셔리 브랜드 회사에서 일한다는 것을 알게 됐을 때, 그의 이미지가 자연스럽게 그의 직업과 어울린다고 느꼈다. 그는 똑똑하고, 젊고, 인기가 많아 주변에서 열리는 파티마다 모두 그의 참석을 원했다. 그는 그런 기대를 저버리지 않고 늘 파티에 열심히 모습을 드러냈다. 어느 날 파티장 2층 창문에 기대 있던 그가 창밖으로 떨어지는 사고가 일어났다. 다행히 높지 않은 곳에서 떨어져 크게 다치지는 않았지만 팔이 부러져 오랫동안 깁스를 해야 했다. 그때부터 그의 화려한 파티 생활은 점차 쓸쓸해졌고 그의 삶은 그에게 비참하게 느껴질 수도 있는 상황으로 흘러갔다. 머리를 제대로 감지 못하고 외모를 꾸미기 어려운 상태에서 그는 점점 초라하고 꾀죄죄해졌다. 자신의 모습을 가꾸며 자신감을 얻던 성격상 그런 모습을 친구들에게 보이고 싶지 않았을 것이다.

그런 상황에서 장거리 외출을 해야 했던 그는 결국 우리 가족의 차를 얻어 타게 됐다. 아기와 눈을 마주치는 것도 어색해 보이던 그가 우리 가족과 긴 거리를 함께 이동하게 된 것이다. 어린아이가 있는 우리 가족과 아직 미혼인 그의 생활은 분명히 달랐다. 결혼 여부의 차이뿐 아니라 취향과 생활 방식도 달랐을 것이다. 그도 아마 비슷한

생각을 했을 듯했다. 그가 우리 차에 타던 순간의 표정은 자연스럽게
그의 마음을 드러냈다. 도저히 같은 사람이라 생각하기 힘들만큼
그의 모습은 완전히 달라져 있었다. 머리를 제대로 감지 못해 한쪽이
툭 튀어나왔고 얼굴은 푸석하고 생기를 잃은 상태였다. 옷차림도
평소 스타일과 완전히 달라 셔츠의 목과 단추 부분이 삐뚤어져
있었다.

우리는 한 시간 넘게 차를 타고 목적지로 가야 했다. 그가 우리 차를
타고 간다는 얘기를 들었을 때는 솔직히 믿기지 않았다. 수많은 파티
친구를 두고 왜 굳이 우리 차를 선택했는지 이해되지 않았다. 그는
아이와 친숙해 보이지 않았기 때문에 굳이 우리와 함께 갈 이유는
없어 보였다. 실제로 차 안에서도 그는 꽤 불편해 보였다. 그나마
편한 상대라고 생각했겠지만 초라한 모습을 드러내며 함께 차에
앉아 있는 것이 불편했을 것이다. 외모에 무관심한 사람이라도 며칠
동안 제대로 씻지 못한 채 편하지 않은 사람과 함께 있는 건 민망할
수 있다. 자신이 멋부린 외모로 자신감을 얻는 성격이라면 그 상황이
얼마나 불편했을지 충분히 짐작됐다. 그래서 나는 그의 모습을
정면으로 보지 않으려 노력하며 나름의 배려를 했다.

그날은 그에게 굴욕적인 하루였을지 모른다. 파티를 즐기던 사교의
왕이었으나 팔을 다친 후 그의 모습은 더 이상 화려하지 않았다.
푸석한 얼굴과 헝클어진 머리, 후줄근한 옷을 입고 우리 차에 탔을

　　　　　　　　　　　　　　　　　　화려하지 않아도

때 그는 아마 다시는 떠올리고 싶지 않은 기억을 얻었을지도 모른다. 몸이 회복된 후 그는 원래의 화려한 생활로 돌아갔다. 사람들에게 둘러싸여 활기차게 웃고 떠드는 모습에서 우리와 함께 먼 거리를 동행했던 날의 그는 더 이상 찾아볼 수 없을 것이다. 시간이 많이 흐른 후 다시 한 번 그와 스치듯 마주친 적이 있었는데, 그의 눈빛에는 무언의 요청이 담겨 있었다. 예전 그날의 기억을 잊어주기를 바라는 듯한 간절함이 느껴졌다.

그가 여전히 화려하게 파티를 즐기며 살아간다는 소식을 들을 때마다 나는 그날의 그를 떠올린다. 그의 생활이 더욱 화려해질수록 내 기억 속의 그날 모습과 더욱 극적으로 대비된다. 우리는 그의 기대를 저버리지 않고 그날의 모습을 누구에게도 말하지 않았다. 혼자만 뭔가를 기억하는 일은 때로 소소한 재미가 된다. 누군가의 숨기고 싶은 모습을 지켜주며 얻게 되는 작은 즐거움이다.

어디에서 왔어요

중국에 온 후 자주 듣는 질문 중 하나가 어디에서 왔는지에 관한 것이다. 이런 질문을 받을 때마다 괜히 대답을 망설이게 된다. 처음에는 내 외형을 보고 중국어로 말을 걸지만, 이내 중국인이 아닌 걸 알아차리고 어디에서 왔냐는 질문을 한다. 외국인과 공통된 언어가 없을 때 다른 선택지가 없고 대화를 계속해야 한다면 상대방이 알아듣든 못 알아듣든 자신이 말할 수 있는 언어로 계속 이야기할 수밖에 없다. 이런 상황에서 가끔 재미있는 일이 생기기도 한다. 예를 들어 중국어를 못 알아듣는 외국인에게 말을 할 때 그 사람이 못 알아듣는 걸 알면서도 말을 또박또박 느리게 하고 목소리를 한껏 높이기도 한다. 하지만 안타깝게도 그 외국인은 현지어를 모를 뿐이지 소리를 못 듣는 것은 아니다. 느리게 큰소리로 말한다고 갑자기 문장을 이해하게 되는 마법 같은 일은 일어나지 않는다.

다시 내게 어디에서 왔는지 묻는 질문에 망설이는 이유로 돌아가 보자면, 내 외형을 보고 중국어로 말을 걸던 사람이 내가 외국인임을 알아차리면 그제야 내가 어디에서 왔는지 궁금해져 질문을 해온다. 나는 그 사람이 어떤 생각을 하고 어떤 짐작과 기대를 가지고 이 질문을 하는지 이미 마음속으로 헤아릴 수 있다. 더불어 그 사람과 내 개인적인 일에 대해 길고 자세한 대화를 하고 싶은지 아니면 간단히 답을 마칠지 고민한다. 결심이 서면 그에 맞게 대답한다. 간단히 말하고 싶을 때는 유럽에서 왔다고 한다. 그러면 대부분 유럽이라는 단어에 묻혀 두루뭉술 넘어가게 된다. 좀 더 정확히 말해야 하거나 특별히 필요한 경우에는 네덜란드에서 지내다 왔다고 말한다. 그러면 네덜란드가 어디 있는지 아는 사람은 눈이 동그래지며 "네덜란드에서 왔다고?"라는 반응을 보이기도 한다. 이때는 부연 설명이 필요하다. 그래서 원래는 한국인인데 네덜란드에서 살다가 여기로 왔다고 덧붙인다. 가끔은 처음부터 대놓고 한국에서 살다 왔냐고 묻는 사람도 있다. 그런 경우에도 나는 원래 한국인이지만 네덜란드에서 지내다 왔다고 말해야 할 것 같은 부담감을 느끼고는 한다.

　이런 일련의 일을 겪으면서 드는 생각 중 하나는 만약 내가 네덜란드에 입양된 한국인 입양아 출신이었다면 어땠을지에 대한 것이다. 외형만 보고 어디에서 왔는지 묻는 질문이기에 답을 하면서 심적 부담을 느낄 수도 있을 것 같다. 네덜란드에서 왔다고 대답하더라도 그 말을 듣는 사람 중에는 얼굴에 물음표를 잔뜩 띄우고 다시 물어오는 사람도 있을 것이다. 이럴 때는 부연 설명을 할 수밖에 없다. 그런 상황이라면 처음 만나는 사람이나 그리 친숙하지 않은 사람에게 한국인 입양아로서 네덜란드에 입양되어 자랐고 그래서 네덜란드에서 지내다 왔다고 길게 늘어놓기 어색할 수도 있다.

보다 근본적으로 이런 모든 질문을 생각하다 보면 아시아계 가정에서 태어나 유럽에서 살아오다가 다시 아시아로 온 사람은 아시아인인가 유럽인인가 하는 질문이 떠오른다. 어디에서 왔는지를 묻는 질문이 태어난 곳을 묻는 것이라면 아시아인이라고 대답할 수 있다. 하지만 어디에서 생활했는지를 묻는 질문이라면 유럽에서 왔다고 대답하는 것이 더 맞을 수 있다. 또한 문서상의 기록을 묻는 질문일 수도 있고 소속된 곳을 묻는 질문으로 해석할 수도 있다.

나는 과연 어디에 속해 있는가라는 철학적 개념으로 생각이 이어질 수도 있다. 어디에 속해 있는지에 대한 근원적 물음을 지워버릴 수 없다. 누군가가 어디에서 왔냐고 묻는다면 나는 잠시 망설이며 마음속으로 꼬리에 꼬리를 무는 여러 생각을 하게 된다. 글쎄, 나는 어디에서 왔지. 어디에 속해 있지. 내가 어디에서 왔다고 해야 질문에 대한 답을 기대하는 사람에게 이해될 말을 해줄 수 있을지 고민한다. 어디에서 왔냐는 질문이 쉽다면 어디에서 왔다고 답하는 것도 그만큼 쉬우면 좋겠다.

 어디에서 왔어요

비 콰이어트

지방의 시골 마을이나 소도시에서 태어나 자랐더라도
어른이 되면 더 나은 일자리를 찾아 대도시로 옮겨가는 일은 어느
나라에서나 흔하다. 보통 거주지를 옮기면서 주소지를 자연스럽게
새 거주지로 변경하는 게 일반적이지만 중국에서는 도시에 따라
주소지 전입에 제약이 있다고 한다. 이런 이유로 더 나은 일자리와
돈벌이를 위해 도시로 떠난 부모들과 함께 가지 못하고, 고향 마을에
남아 조부모와 지내는 아이들 이야기를 미디어에서도 종종 접할 수
있다. 또 부모와 함께 간다고 해도 주소지 전입이 안 된 아이들은 학교
등록에 제약이 있어서 제대로 된 교육 기회를 얻지 못하는 경우도
있다고 한다.

양질의 교육 기회를 놓친 아이들을 돕기 위해 지역 사회 및
자원봉사 단체들이 다양한 아동복지 프로그램을 운영하고 있다는 걸
알게 됐다. 도울 수 있는 일이 있다면 그런 아이들을 돕고 싶어서 무료

어린이 영어 교실 자원봉사자로 지원했다. 토요일 오후 안내받은
주소에 도착해 보니 시내 구시가지에 위치한 지역복지센터였다. 내가
도착했을 때 이미 몇 명의 아이들이 건물 앞에 서 있었다. 낯선 건물
안으로 들어가 아이들의 소음이 들리는 방으로 가자 아이들을 위한
책들로 꽉 채워진 공부방이 나타났다.

　작은 교실에 앉은 아이들에게 영어로 된 짧은 이야기를 동영상으로
보여주고 질문을 주고받으며 수업을 진행했다. 어린아이들을 오랜
시간 앉혀두고 외국어 공부에 집중시키는 건 쉽지 않았다. 친구와
끊임없이 재잘대거나 지루해서 책상에 엎드리기도 하고 나눠준 영어
이야기 종이로 종이비행기를 만들거나 책장에서 책을 꺼내 읽는
아이들도 있었다. 어린아이들과의 수업이 처음인 초보자에게는 이런
분위기를 다스리기가 쉽지 않았다. 그럼에도 아이들은 해맑았고
영어 공부에 대한 관심과 흥미를 드러냈다. 몸을 가만히 두지 않고
장난스럽게 움직이면서도 내용을 따라 읽고 웅얼거리는 수준이지만
질문에는 꼬박꼬박 대답했다. 아이들 대부분은 쑥스러워서 이름을
말할 때 자리에서 일어나지 못하고 속삭이듯 말했다.

　결과를 먼저 말하자면 봉사활동을 시작한 첫날 바로 그만두겠다고
말했다. 그만두는 이유로 내가 이곳에 맞지 않는다고 생각됐다고
전했다. 정식 학교 수업도 아니고 휴일에 복지관에서 진행되는
어린이 영어 교실이라 뭔가를 배우고 싶어 하는 아이들이 조금은

 비 콰이어트

자유롭고 편안한 분위기에서 수업을 받을 것으로 예상했다. 나와
같은 반에 배치된 자원봉사자 선생님 L은 대학 1학년 학생이었다.
영어를 능숙하게 사용해 외국에서 공부한 적이 있냐고 물었지만
중국에서 태어나 지금껏 이 도시에서만 살았다고 했다. 비교적
사회 경험이 적은 어린 나이임에도 야무지고 당당해 보였으며
MZ세대답게 세련된 느낌으로 해외 문화에도 익숙할 것 같았다. 긴
머리를 밝은 갈색으로 염색한 모습이나 사과 모양이 그려진 컴퓨터와
핸드폰을 능숙하게 다루는 모습을 보며 혼자 그런 짐작을 했다.

　아이들이 두세 명씩 책상에 앉자 수업이 시작됐다. L과 나는
자연스럽게 아이들에게 영어로 이름과 오늘의 기분을 묻고 영어로
대답하게 하며 수업을 진행했다. 한 아이에게 질문할 때마다
나머지 아이들은 웅성거렸다. 장난스러운 웃음소리와 웅성거림이
커지자 L은 긴 팔 끝 손가락을 펴 아이들의 얼굴을 하나씩 가리키며
큰 소리로 말했다. "비 콰이어트! 비 콰이어트!" 손끝이 얼굴을
날카롭게 가리키고 있음에도 아이들은 놀라거나 움츠러들지 않았다.
오히려 그런 모습에 익숙한 듯 별일 아닌 것처럼 받아들였다.

　아이들의 얼굴이 팔 끝에서 하나씩 지목될 때마다 그 젊은 대학생
선생님의 목소리는 나를 혼란스럽게 했다. 누군가에게 손가락으로
삿대질하듯 팔을 움직이는 모습이 매우 익숙해 보였다. 그런 행동을
하는 데 익숙한 건지 아니면 그런 행동을 자주 봐서 익숙한 건지

혼란스러웠다. 나로선 너무 강렬하게 느껴지는 그 행동을 선생님은
반복했고 나는 그 행동을 멈추게 할 수 없었다.

내가 느끼는 혼란스러움과 달리 수업의 분위기는 다르게 흘러갔다.
그렇게 손가락으로 지목당하며 조용히 하라는 명령을 듣는 아이들은
별로 개의치 않아 보였다. 그 젊은 대학생 자원봉사자도 누군가의
모습을 따라 한 것이고 아이들도 그런 모습을 자주 봤을지 모른다.
모두가 이 상황을 자연스럽게 넘기는데 나만 섞이지 못하고
부자연스럽게 서 있었다.

수업을 끝내고 건물을 나서면서 이 봉사활동에 오는 날은 오늘이
마지막일 거라고 생각했다. 수업 중에 장난스럽게 웃고 떠드는
아이들을 멈추지 못해서가 아니라 아이들의 얼굴을 손가락으로
지목하며 '비 콰이어트'를 외치던 젊은MZ세대 선생님을 내가
나서서 멈추지 않았기 때문이다. 그 수업 내내 나는 방관자였고
마음속 혼란스러움에 정신을 차리지 못했다. 다음 수업에서 내가 그
선생님의 행동을 바꾸기는 어렵다고 생각했다. 그래서 깊은 고민
끝에 봉사활동 기획자에게 문자를 보내 더 이상 수업에 참여하지
않겠다고 전했다. 나약함을 깨닫는 순간, 꽤 씁쓸하고 무겁다.

                                          비 콰이어트

애매함이 애매해

긴가민가할 때, 애매함이 애매할 때가 제일 어렵다. 어느 늦은 오후 바쁘게 길을 걷고 있는데 한 남자가 다가왔다. 평범한 인사를 건네서 나도 평범하게 인사했다. 그렇게 말을 트자 그 남자는 아는 사이처럼 편하게 말을 걸며 대화를 이어갔다. 남자는 주변에서 나를 몇 번 본 적이 있는 듯 행동했다. 아는 친구를 만난 듯 반가운 척하며 말하다 그 남자가 자연스럽게 내 어깨 끝에 손을 올렸다. 아는 사람끼리도 몸에 손을 잘 대지 않는 게 네덜란드에서는 일반적이라 무례한 행동으로 느껴졌다. 주위를 둘러보니 길에 사람이 한 명도 없었다. 건물들은 있었지만 창밖을 보고 있는 사람이 과연 있을지 의문이었다.

이럴 때 괜히 지나치게 반응하면 이 무례함이 안전을 걱정해야 할 상황으로 바뀔 수도 있다는 생각이 본능적으로 들었다. 그렇게 잠시 고민하던 중 남자가 어디에 가는 길이냐고 물었다. 순간 그 질문을 해줘서 다행이라고 생각하며 길 끝에 있는 어린이집에 아이를 데리러 간다고 얼른 대답했다. 아이를 데리러 간다는 내 대답에 당황했는지 남자는 곧바로 내 어깨에서 손을 치웠다. 어느 시대 어느 곳이든 최소한의 기본적인 예의라는 게 있다. 마침 그 앞에 어린이집이 있었고 그 순간 기억해 낸 내 임기응변 덕에 불편한 상황을 잘 피했다. 그나마 최소한의 예의는 있는 사람이라 다행이었다.

동네에 새로 모던한 피트니스 센터가 문을 열었을 때였다. 건물 터를 닦고 기둥을 세울 때부터 관심 있게 지켜봤기에 센터가 문을 열자마자 바로 회원으로 등록했다. 미루던 운동을 드디어 시작할 생각에 기분이 좋았다. 나에게 맞는 시간에 수업을 들을 수 있는 점이 마음에 들었고 건물 내부가 깔끔하며 강사들이 친절해서 좋았다. 정기적으로 한 수업에 참여하게 되었는데 나와 비슷한 또래의 여자 강사가 유독 나에게 친절히 대해줬다. 아시아인은 나 혼자였기에 특별히 신경 써 주는 거라고 생각했다.

그런데 수업이 거듭될수록 뭔가 이상했다. 내가 오해하나, 민감한가, 별별 생각이 다 들어 옆에 다른 사람들에게 하는 행동도 일부러 유심히 관찰했다. 그러다 흐음, 이건 좀 아닌 것 같다는 생각이 들던 날 나는 그 피트니스 센터 멤버십을 중단했다. 중단 요청을 한 날에도 수업을 갔었는데 수업 후 그 강사가 나에게 다가와 조용히 물었다. 다 괜찮냐고. 잠시 망설였지만 그냥 다 좋다고

 애매함이 애매해

답했다. 그러자 그분은 오래 봤으면 좋겠다며 필요한 게 있으면 말하라고 했다. 더 말을 이어갈지 고민했지만 결국 미소로 대화를 마무리하고 자리를 떠났다.

사실 내 문제는 발이었다. 내 움직임을 도와주거나 자세를 교정할 때 그 강사가 자꾸 내 발을 잡거나 만졌다. 처음에는 그럴 수도 있겠지, 별 뜻 없겠지 싶었다. 그런데 느낌이 계속 이상해서 수업 동안 다른 수강생들에게 하는 행동을 지켜봤다. 발은 굳이 만지라고 해도 쉽게 만지지 않는 부분인데 친절한 강사라 수강생을 기꺼이 도와주려는 의도겠다고 생각했다. 하지만 지켜보니 다른 수강생들은 다리만 잡아줄 뿐 발을 잡지는 않는 듯했다. 왜 굳이 발을, 설마 발을… 이런 생각을 하며 계속 애매한 마음으로 수업을 들었지만 결국 마음을 굳혔다. 내 마음이 애매해도 아닌 건 아니라고.

그렇게 그 수업에 더는 가지 않았다. 정확히 말하면 갈 수 없었다. 멤버십을 중단한 후 그 강사와는 두 번 정도 우연히 마주쳤다. 한 번은 동네 슈퍼마켓에서였고 또 한 번은 아이의 방과후 활동 발표회장에서였다. 그 강사도 자신의 아이를 위해 그곳에 와 있었다. 그런데 두 번 다 나를 당황한 듯한 표정이나 화가 난 표정으로 쳐다보더니 인사 한마디 없이 외면하고 돌아섰다. 그래서 결론을 내렸다. 애매할 때가 제일 어렵지만 내 마음이 애매해도 아닌 건 아니라고.

네덜란드에서는 서서 대화할 때 보통 상대방과 팔 길이 정도 거리를 두고 이야기한다. 이런 방식으로 스스로의 편안한 사적 공간을 지킨다고 생각하며 그 안으로 누군가 들어오는 것을 그리 반기지 않는다. 처음 만났을 때 악수나 포옹을 하거나 양 볼에 입맞춤을 하는 식의 인사는 일반적이라 생각한다. 하지만 얘기를 나누는 동안 상대의 몸을 은연중에 건드리거나 툭툭 치는 건 무례하게 여겨질 수 있다. 일반적으로 타인의 몸은 어른이든 아이든 함부로 건드리지 않는 걸 당연하게 생각한다. 이런 일반적인 생활 습관을 알고 있었기에 애매함이 애매해도 아닌 건 아니라는 판단을 내릴 수 있었다.

무례함을 무례하다고 지적하는 일이 익숙하지 않거나 그런 애매한 상황에서 직접적으로 표현하는 게 쉽지 않을 수도 있다. 또한 섣불리 누군가의 무례함을 지적하는 게 또 다른 무례가 될 수 있기에 조심스러운 마음도 든다. 그렇다고 애매함을 그대로 둘 수는 없다. 본인이 불편하다면 애매함이 애매해도 결국 행동해야 마음이 편해진다.

  애매함이 애매해

일을 해

과연 어떤 일을 해야 우리는 일을 한다고 말할 수 있을까.
무슨 일을 해야 우리는 일을 하는 걸까.

광장 귀퉁이의 상점 앞에 한 나이 든 여인이 앉아 있는 모습을 보며
그녀 쪽으로 걸음을 옮기던 중이었다. 일부러 그녀를 향해 걸어간
것은 아니었고 광장을 벗어나 오른쪽 길로 접어들어야 하는 길목에
그녀가 있었기 때문이다. 그 길목은 사람이 매우 붐비는 곳이라
멀리서 그녀의 모습을 보며 왜 굳이 그곳에 있는지 의아했다. 점점
그녀가 가까워지자 나는 곧 그 이유를 알게 되었다. 그녀 앞에 작은
동전 그릇이 놓여 있었고 사람들이 길목을 지나다 걷는 속도를
멈추는 그 자리가 그녀가 그곳에 있을 이유를 만들어 주고 있었다.

그녀를 지켜보며 거의 근처에 다다랐을 때 내 앞에서 걷던 한
남자가 갑자기 그녀에게 한마디 말을 던졌다. 그것은 단순히 말을
하거나 말을 걸었다고 표현하기 어려웠고, 남자의 말은 그 입에서

여인에게 '던졌다'는 표현이 더 어울렸다. 표독스럽게 던져져 주변의 모든 풀꽃을 순식간에 잿빛으로 바꿀 것 같은 느낌이 들었다. 사실 그 말은 별말이 아닐 수도 있었다. 실제로 그 여인은 남자의 말을 못 들었거나 못 알아들었는지 그에게 별다른 관심을 보이지 않았다. 오히려 남자 뒤에서 듣고 있던 내게 흘러 들어와 내 마음속에 작은 파동을 만들고 있었다.

남자는 네덜란드어로 '베르크werk'라는 말을 여인에게 던졌는데, 그 말은 '일을 해'라는 의미였다. 나는 고개를 옆으로 돌린 남자의 눈빛과 표정도 함께 봤기에 남자가 어떤 의도로 그 말을 했는지 충분히 이해할 수 있었다. 동전 그릇을 놓고 앉아 있다고 해서 그렇게 모멸적인 감정을 내뱉고 갈 필요가 있을지 의아했다. 남자의 눈빛은 세상에서 가장 해악을 끼치는 존재라도 본 듯했다. 여인이 일을 하는지 하지 않는지를 지나가다 잠깐 마주친 남자가 알 방법은 없다. 여인은 어디선가 그녀 몫의 일을 충분히 하고 와서 그곳에 앉아 있을 수도 있고, 일을 하고 싶어도 할 수 없는 상황에 처했을 수도 있다. 누구에게나 사정이 있고 모든 사정을 세세히 아는 사람은 없다.

가족들을 위해 집안일을 잔뜩 하고 나온 길일 수도 있다. 집안일은 정당한 노동으로서 가치를 인정받아야 한다는 사회적 논의에는 늘 다양한 의견이 팽팽히 맞선다. 굳이 이 논의를 이 여인의 숨겨진 생활에 덧붙여 생각해 본다면 그녀는 이미 충분히 일을 하고 있다고 말할 수 있을 것이다. 어떤 종류의 일을 해야 일을 한다고 할 수 있을까? 그 일을 해서 얻는 돈을 기준으로 가치를 매겨야 한다면, 여인은 동전 그릇을 놓고 얻는 돈으로 자신이 일을 한다고 말할 수 있을 것이다. 세상엔 몸 하나 까딱하지 않고 소득을 올리는 사람도 많다. 그들이 돈을 많이 번다는 이유로 아무것도 하지 않는 그들에게 일을 한다고 말할 수 있을지 묻는다면, 여인에게 일을 하라고 말하던 그 남자는 뭐라고 답할 수 있을까.

몸을 쓰든 머리를 쓰든 노동, 즉 '일'이라는 것은 고귀한 가치를 지닌 행위다. 무언가를 창출하고 창조하는 작업으로 세상에 기여하는 것을 일이라고 할 수도 있다. 하지만 오늘날 일을 한다는 사회적 개념과 형태는 많이 변했고 지금 이 순간에도 끊임없이 변해가고 있다. 돈을 번다는 경제적 가치만을 기준으로 본다면, 전통적으로 생각한 노동을 동반한 일의 개념과는 다른 형태로 변하고 있다고 할 수도 있다.

그 나이 든 여인이 광장에 앉아 동전 그릇을 놓지 않은 채 노래를 하고 있었다면 어땠을까. 그녀의 노래는 노동이 될 수 있을까. 여인은 나름의 일을 하고 있었다는 생각이 든다. 그 자리를 지키고 앉아 있을 용기를 냈고, 주어진 제한된 삶의 일부분을 그곳에 앉아 있는 데 사용한 것 자체가 그녀 나름의 일이었을 수도 있기 때문이다. 그녀 스스로도 일을 하고 있다고 생각하며 그곳에서 자리를 지키고 있었을

                                    일을 해

수 있다. 누군가에게 피해를 주지 않는다면 원하는 방식대로 자신이 생각하는 노동 방식을 선택할 자유는 있지 않을까.

생존을 위한 행동을 일이라고 한다면 그 여인의 행동은 그 범위에 포함될 수도 있다. 장작을 준비하거나 물을 길어오는 것도 일의 일환이었던 시절이 있었다. 여인이 그곳에 앉아 얻게 되는 돈의 액수와 상관없이 그녀에게 지금 하는 행동은 나무를 해오고 물을 길어오는 일과 같게 느껴질 수도 있다. 그러나 이런 모든 생각은 내가 광장의 그 나이 든 여인이 외지에서 온 이방인이라는 가정 아래 해본 이야기일 뿐이다. 만약 그 여인이 생존이 막막한 상황에 처해 있다면 그녀가 할 수 있는 노동은 광장 바닥에 동전 그릇을 놓고 앉아 있는 일일 수 있다.

나는 그 여인을 모른다. 스치듯 지나가며 본 사이니 그녀의 사정을 알 길은 없다. 그러므로 그녀가 그곳에서 일을 하고 있었는지 내가 답할 수는 없다. 하지만 같은 이유로 그 여인이 일을 하지 않고 있다고 말할 수도 없다고 생각한다. 그녀가 그곳에 조용히 앉아 있었고 그 앞에 동전 그릇을 놓았다는 이유만으로 그녀가 모욕을 받아야 할 이유는 없다. 세상 어디에도 삶의 사연이 없는 사람은 없으므로.

04
다시 봄, 그럼에도 용기있게

보모가 된 치과의사

그는 치과의사였다. '-였다'라는 과거형으로 표현하는 이유는 내가 그를 만났을 때 그는 더 이상 치과의사 일을 하지 않았기 때문이다.

내가 그를 만난 곳은 네덜란드어를 공부하는 한 어학 수업이었다. 그는 베네수엘라 사람이었고, 베네수엘라에서 치과의사로 일하다 네덜란드에 와서 지내고 있었다. 네덜란드에서 그가 하는 일은 오페어au pair, 즉 한 가정에 머물며 집안일을 간단히 돕고 아이들을 돌보는 보모 일이었다. 그의 치과의사 면허증과 근무 경험을 네덜란드에서 인정받으려면 여러 절차를 거쳐야 한다고 했다. 그중 가장 큰 관문은 언어였다. 치과의사로 일하려면 언어 문제가 해결돼야 했기 때문이다. 그래서 그는 네덜란드 가정에서 오페어로 지내며 언어를 익히기 위해 노력 중이었다. 육아 경험이 없어 보모 일이 어렵긴 하지만 아이들과 언어 연습을 하는 게 큰 도움이 된다고 말했다.

멀쩡한 치과의사 청년이 왜 네덜란드로 오게 됐을까. 그의 조국 베네수엘라는 한때 오일 머니로 흥청망청 잘 살았던 나라였다. 치열한 삶을 살지 않아도 평안한 일상을 즐길 수 있는 곳이었다. 그런 나라의 경제가 무너지고 인플레이션으로 사람들의 돈은 가치를 잃었다. 일상은 망가졌고 국민들의 삶도 무너졌다. 더 이상 평범한 젊은이가 평범한 일상을 누릴 수 없을 정도로 나라가 망가졌다. 그래서 그는 자신과 가족을 위해 새로운 곳에 정착해 삶을 이어가야만 했다. 그런 상황에서 그가 선택한 곳이 네덜란드였는데 그의 판단으로는 다른 유럽 국가보다 진입 장벽이 낮았던 게 이유였다.

다행히 그는 아직 이십 대 청년이었고 밝고 긍정적이었으며 삶에 대한 열정도 남달랐다. 그는 그 어학 수업에 참여하는 누구보다 열성적이었다. 그의 태도에서 느껴진 감정은 열정과 간절함이었다. 그에게는 6개월 안에 일반 업무가 가능한 수준으로 네덜란드어를 완벽히 습득해야만 한다는 목표가 있었다. 그 목표를 이루려는 그의 눈빛과 태도에는 강한 의지와 간절함이 가득했다. 그런 그의 열정과 절박함 때문인지 실제로 그의 언어 실력은 하루가 다르게 늘었다. 마치 잭과 콩나무 이야기의 콩나무처럼 언어 실력이 쑥쑥 자랐다. 그가 목표로 하는 일이 금방이라도 이뤄질 듯했다. 그 옆에서 나도 덩달아 희망이라는 단어를 되새기게 됐다.

내가 마지막으로 본 그의 모습은 일상 소통을 네덜란드어로 충분히 할 수 있는 정도였다. 그다음 목표는 네덜란드에서 치과의사로 일할 자격을 얻는 것이었다. 그 후 그의 인생 챕터에 어떤 이야기가 쓰였는지는 모르지만 나는 그가 자신의 목표를 충분히 이뤄갔으리라 확신한다. 그의 눈빛과 열성적인 삶의 태도, 간절함이 담긴 하루하루의 성실함은 그 이후 이야기를 보지 않아도 알 수 있게 하는 삶의 증거였다.

보모가 된 베네수엘라 출신의 치과의사를 보며 나는 '나라'가 우리 삶에서 갖는 의미를 생각했다. 나라가 없으면 개인도 없다는 말을 그 청년을 보며 깊이 깨달았기 때문이다. 언젠가 내가 치과에 갔을 때 그 베네수엘라 청년이 치과 진료실에 있는 모습을 보게 되는 장면을 여전히 가끔 상상해 보곤 한다. 삶의 증거와 희망을 위해 언젠가는 내 상상이 현실이 되기를 소망한다.

나라가 없으면 나도 없다. 외로운 타국에서 보모가 된 청년. 나라의 기둥과 함께 기울어진 청년의 모습은 안타까웠다. 나라가 위태로우면 평범히 지내던 시민도 위태로워진다. 어딜 가나 어디에 사나 뿌리는 달라지지 않아 내 나라는 내가 된다. 현재형이든 과거형이든 미래형이든 그 근원은 달라지지 않는다. 뿌리가

없으면 자라지 못하고, 자라지 못하면 땅은 황폐해진다. 돌아갈

곳이 있어야 어디에 가든 존중받는다. 돌아갈 곳이 없는 존재는

스스로를 증명하기 위한 고난을 겪을 수밖에 없다. 그러니 살펴주고

북돋아주고 함께 살아가야 한다.

맥 청년의 어설픈 라떼아트

한동안 토요일 아침이면 우리 가족은 모두 제각각의 이유로 일찍 일어났었다.

몇 년 전쯤 아이가 너무 앉아만 있고 운동량이 부족한 듯해서 여러 회유책으로 설득한 끝에 육상 레슨에 등록했다. 처음에는 달리기, 높이뛰기, 던지기 등이 낯설고 어렵다고 징징대더니, 이제는 일주일에 두 번 자발적으로 참여하고 주니어 마라톤에도 나갈 정도가 되었다. 뛰는 게 너무 재미있고 육상 레슨에서 만나는 사람들도 너무 좋아서 그곳에 가면 즐겁다고 했다. 큰아이가 육상에 빠지자 작은아이도 자연스럽게 육상 레슨에 동참하게 됐다.

토요일 아침은 자율 훈련을 했다. 두 아이 모두 큰 호수 주변을 돌며 한 시간 반 정도 훈련에 참여했다. 아이들이 건강해지는 운동을 이렇게 열심히 하는 동안 나와 남편은 근처의 맥도날드에 가서 빵과 커피를 즐겼다. 아이들 없이 토요일 아침마다 둘이 앉아 빵과 커피의 고소함과 여유를 즐기는 기분이 꽤 괜찮아서 솔직히 우리 둘 다 그 즐거움을 톡톡히 누리고 있었다. 카페테리아처럼 꾸며진 공간의 통창 옆에 앉아 햇살도 즐기고, 아침마다 가게로 배달되어 오는 빳빳한 신문도 읽었다. 그 시간에는 사람이 거의 없어서 매장 안의 고요한 분위기도 마음에 들었다.

그날도 그렇게 맥커피를 마시러 매장에 가서 라떼를 시킨 뒤 테이블에 앉아 창밖 풍경을 보고 있었다. 곧 쟁반을 든 어린 청년이 다가왔는데 꼬불거리는 머리가 덥수룩하고 보송보송해 보였다. 볼의 솜털도 머리 못지않게 보송했다. 고등학생 정도의 나이로 보였고, 아마 파트타임 일을 하며 용돈을 벌고 있는 듯했다. 청년이 건네준 쟁반에 놓인 빵과 커피를 꺼내 보다가 나와 남편은 서로 눈을 마주치고 미소를 지었다. 라떼 위에 뭔가가 있었는데, 단순히 커피 머신으로 내린 모양이 아니라 라떼아트를 시도한 듯한 어설픈 형태가 그려져 있었기 때문이다.

이건 라떼아트? 흐뭇한 미소가 얼굴에 가득 번졌다. 보송한 솜털이 덮인 어린 청년이 꼬불거리는 머리만큼 귀여운 손동작으로 어설픈 라떼아트를 만들려고 꽤 노력했을 듯했다. 맥커피를 마시면서 라떼아트를 기대하는 사람은 없을 텐데, 또 파트타임 일을 하며 그런 것까지 신경 쓸 필요도 없을 것이다. 그런데도 미숙하나마 뭔가를 해보려고 노력한 그 어린 청년의 섬세한 마음씨가 나를 흐뭇하게 만들었다.

어느 집 아들인지, 크게 되겠어. 나는 흐뭇한 마음을 품은 채 매장을 나서면서 마지막 순간에 그 청년에게 애정 어린 시선을 잔뜩 보냈다. 커피 기계 앞에서 바쁘게 움직이며 마른 걸레질을 하고 있던 청년의 성실한 모습 또한 멋있어 보였다. 그 어린 청년은 어쩌면 바리스타를 꿈꾸고 있을지도 모르고, 커피숍 운영을 준비하고 있을 수도 있다. 언젠가 그 어린 청년이 완벽한 라떼아트를 만들어내고 환호하게 될 때 나는 그곳에 없겠지만, 그런 순간을 맞이할 청년에게 박수를 보내고 응원의 힘을 주고 싶은 아침이었다.

노동자의 가치

아침에 일어났을 때 보게 되는 밤새 내린 눈은 언제 봐도 눈부시게 반갑다. 곧 내린 비에 금세 눈이 녹아내려도 그 여운은 좋은 아침을 만들어 주기에 충분하다. 얕은 지붕 위에 하얗게 남아 있는 흔적이 소담스럽고 아름답다.

평소 같으면 눈이 그렇게 녹아내려도 괜찮겠지만, 그날은 비가 내리기 시작하는 게 전혀 반갑지 않았다. 그도 그럴 것이 이틀 전부터 지붕에서 물이 새기 시작했기 때문이다. 언제부터 시작됐는지 모르다가 욕실 구석에서 물방울이 똑똑 떨어지는 소리를 듣고서야 구석 벽과 바닥에 물이 흐르는 걸 발견했다. 급한 마음에 수건을 잔뜩 가져다 바닥에 놓고 물이 떨어지는 곳마다 플라스틱 통을 놓았다. 아, 이 가난한 마음이라니.

지붕 수리 전문가를 소개받아 연락했더니 다행히 몇 시간 안에 집으로 왔다. 수염과 구레나룻을 닥터 스트레인지처럼 멋지게 기른

분이었는데, 신기해서 그 구레나룻에서 시선을 떼기 힘들었다. 그런 구레나룻을 가진 사람은 영화에서밖에 본 적이 없었기 때문이다. 그는 긴 사다리를 척척 타고 올라가더니 몇 분 만에 내려왔다. 동시에 시원한 물줄기 소리가 집 외벽 옆 파이프라인에서 들리기 시작했다. 자신이 해야 할 일을 자신감 넘치게 정확히 해내는 모습이 경외로웠다. 문제점과 해결 방법을 설명해 주는데 그 어떤 교수님의 설명보다 귀에 쏙쏙 들어왔다.

지붕 수리 전문가는 내게 편안한 마음을 되돌려주었지만, 그 몇 분 동안의 가치로 420유로, 한화로 약 50만 원 정도를 청구했다. 꽤 큰 금액이었지만 응급처치 비용이라 어쩔 수 없이 감당해야 했다. 그 닥터 스트레인지 씨는 고등학교를 졸업한 뒤 25년간 지붕 수리 전문가로 일한 자영업자다. 네덜란드에서는 기술 노동자의 위상과 가치가 꽤 높은 편이다. 흔히 말하는 가방끈 긴 사람과 비교해도 기술 노동자의 사회적 지위와 수입이 거의 비슷하거나 더 높기도 하다.

나무 한 그루가 있다. 어느 곳에서 그 나무가 싹을 틔우고 자라는지에 따라 운명이 달라진다. 선로에 싹을 틔웠다면 그 운명은 이미 정해져 있다. 선로의 원활한 이용을 위해 그 싹은 제거되어야 한다. 나무는 자랄 수 없는 곳에 자리를 잡은 탓을 해야 한다. 양지바른 평지에 햇살이 좋은 곳, 주변에 아무 장애물이 없고 나무를 필요로 하는 곳에서 싹을 틔운 나무는 환대받고 보호받으며 무럭무럭

자랄 것이다. 모두의 애정을 듬뿍 받고 시시때때로 들려오는 찬사에 행복감을 느끼게 될 것이다.

같은 나무여도 어디에 있는지에 따라 그 쓰임과 받는 애정이 달라진다. 네덜란드에서 오래 살아 보니 내 눈에는 나무와 노동자의 경우가 비슷하게 느껴진다. 이곳에서 노동자는 양지바른 평지에서 햇살과 애정을 듬뿍 받으며 자라는 나무와 같다. 늘 귀한 존재로 대접받고 당당하며 누구에게나 환대를 받는다. 필요한 존재이고 효용 가치가 뛰어난 만큼 사회의 중요한 구성원으로 귀하게 인정받는다.

상황이 이렇다 보니 학업을 굳이 오래 이어가지 않고 기술 노동자의 삶을 어린 나이에 선택하는 것에 반감이 없다. 오히려 장려하고 존중하고 격려하는 사회 분위기가 만연하다. 노동자를 존중하고 대우하는 이 사회가 늘 대단해 보이고 가끔은 부럽기도 하다.

다시 중국에 와서

십 년 만에 중국에 다시 왔다. 그동안 중국은 많이 변해 있었다. 단순히 시간이 흘러 변한 게 아니라 발전이 눈부실 정도였다. 오랜만에 다시 본 중국은 미디어로 보고 들었던 것과는 비교할 수 없을 정도로 큰 변화를 이루고 있었다. 모든 순간, 많은 부분에서 놀랄 수밖에 없었다. 지난 십 년 동안 중국에는 무슨 일이 일어났던 걸까.

한 중국 대도시의 강변에는 야경을 구경하려는 엄청난 인파가 보행로로 몰려들고 있었다. 철제 펜스를 설치해 오른편 입구로 사람들이 들어가게 하고 한참 떨어진 왼편 출구로 나오게 만든 것이 눈에 띄었다. 출구 위 전광판엔 붉은 글씨로 캠페인 문구가 계속 표시되고 있었다. 대략적인 내용은 문명도시는 우리가 함께 노력하면 만들 수 있다는 것이었다. '문명도시', '문명인', '교양 있는 행동' 등은 도시 곳곳에서 흔히 볼 수 있는 문구였다.

도시 곳곳에 수많은 공안 인력이 배치되어 있고 모든 장소에 CCTV가 설치되어 있다. '감시당하고 있는가' 혹은 '안전하게 보호받고 있는가'는 개인적 시각에 따라 달라질 듯하다. 많은 인파가 횡단보도를 건널 때도 공안의 안내에 따라 신호에 맞춰 움직였다. 이는 정해진 규칙대로 행동하는 질서를 의미할 수도 있지만, 외부인의 시선으로는 통제를 의미할 수도 있다.

개인적 경험으로 십 년 전 중국은 한 시간도 머무르고 싶지 않은 장소였다. 눈을 뜨고 숨쉬기 어려울 정도로 공기 질이 최악이었고, 어디를 가든 먼지와 소음이 가득했다. 제대로 된 화장실을 찾기 힘들었고, 사람들은 공공질서를 지키지 않고 서로를 밀쳐댔다. 그러나 지금의 중국은 그 모든 모습이 눈에 띄게 달라졌다. 도시 곳곳에서 깨끗이 관리되는 공공화장실을 무료로 사용할 수 있었고, 공기 질은 경우에 따라서 유럽의 대도시보다 오히려 더 좋게 느껴질 정도였다. 도심지 길거리는 버려진 쓰레기를 찾기 힘들만큼 깨끗했다. 몇 번 이용하는 동안 겪은 지하철에는 수많은 사람이 줄을 서서 지하철을 타고, 에스컬레이터와 계단을 질서 있게 이용하는 모습이었다.

한국에서 태어나 살았지만 네덜란드에서 이방인으로 오랜 시간을 지냈다. 그러다 다시 아시아 국가인 중국에서 생활하면서 보고 느끼는 점들이 놀랍도록 낯설고 이질감이 느껴질 때가 있다.

 다시 중국에 와서

그러면서도 한편으로는 친숙하고 친밀한 감정도 든다. 중국이 굉장히 빠르게 변화하는 모습을 직접 겪으면서 네덜란드와 유럽 상황을 되돌아보게 된다. 빠른 변화가 꼭 좋은 것만은 아니며, 네덜란드는 사회 전체적으로 빠른 변화를 꼭 성취해야 할 목표로 여기지는 않는다. 원래의 생활 방식을 고수하고 오래된 문화를 유지하는 데 자긍심을 갖는다. 그럼에도 중국에서 기술적으로 발달된 생활 시설과 편리하게 제공되는 서비스를 겪으면서, 빠르게 발전하는 과학기술과 오랜 전통을 유지하는 생활 방식이 조화롭게 보완되는 것도 좋겠다는 생각이 들었다.

중국은 여러 시선을 동시에 받고 있다. 그리고 그 시선의 대부분이 우호적이지 않을 수도 있다. 그럼에도 전 세계가 끊임없이 중국에 관해 이야기하는 데는 그만한 이유가 있으리라 생각한다. 그 이유를 들여다보고 알아야 할 것은 알아야 한다. 변화하고 있는 중국, 그 달라진 길을 천천히 걸어가 볼 생각이다. 앞으로 그 길에서 마주하게 될 다양한 변화를 이방인의 시선으로 진솔하게 이해해 봐도 좋을 듯하다.

호텔에서 한 달 살기

의도치 않게 호텔에서 한 달 살기를 하게 됐다. 어디어디에서 한 달 살기가 유행이라던데 나도 그 흥미로운 흐름에 한 번 편승해 보게 된 셈이다.

중국에서 지낼 집은 이미 정했지만 거주증을 받기 전까지는 입주가 불가능했다. 한 달간 거주증 발급을 기다리면서 주소지를 한곳에 고정하는 게 필요한 상황이었다. 그래서 여러 서류 절차를 진행하는 동안 어쩔 수 없이 호텔에 한 달 정도 머무르게 됐다. 이렇게 오랜 기간 한 호텔에 장기 투숙하는 것은 처음이었다. 여행을 다니며 여러 호텔을 옮겨 지내는 것과는 내용과 형태가 많이 다를 수밖에 없다. 이왕 상황이 이렇게 되다 보니 유명한 작가들이 호텔에 장기 투숙하며 글을 썼다는 일화가 떠올랐다. 언감생심이지만 호텔 방 책상에 앉아 작가들이 어떤 생각을 하며 글을 썼을지 상상해 보았다. 그런 마음으로 자판을 두드리다 보니 왠지 나도 그럴듯한 글을 뚝딱

지어낼 수 있을 것만 같아 마음이 들떴다.

호텔 방은 어찌 보면 굉장히 단조롭다. 내가 지내고 있지만 내
것이 아닌 물건들로 채워져 있다. 사실 나는 호텔 방을 별로 좋아하지
않는다. 방이 크든 작든, 그 사각형 안에서 움직여 봤자 침대에서 소파,
책상에서 창문 앞 정도일 것이다. 그런 단조로운 동선 안에 있으면
생각의 흐름을 방해받을 가능성이 낮아서일까. 몇몇 작가는 호텔에서
멋진 글을 썼다고도 알려져 있다. 외부와 단절된 채 단조로운 공간
속에서 내 것이 아니어서 특별히 신경 쓸 게 없는 방이라면 무엇이든
몰입해서 하기에 수월할 수도 있겠다는 생각이 든다.

호텔은 여행의 설렘 한편에 자리 잡은 기분 좋은 공간일 수도
있지만 평소와 다른 특별한 임무를 띤 업무의 연장선에 놓인 공간일
수도 있다. 개인적으로는 후자의 느낌이 더 강렬하게 남아 있다.
처음 해외 호텔에 홀로 투숙했던 경험은 회사 출장 때문이었다.
업무 준비에 대한 부담감 때문에 멋지게 꾸며진 호텔 방에서 지내는
기쁨을 제대로 누리지 못했다. 그러다 어느 날 늦은 저녁 호텔로
돌아갔을 때 방 한 면을 차지한 유리벽 너머로 눈부시게 빛나는
피조물이 시야를 가득 채우는 광경을 본 후 호텔에서 지낼 때 누리게
되는 기쁨을 처음으로 이해했다.

호텔은 나만의 공간이 아니기에 내 생활 모습이 타인에게 노출될
수밖에 없다. 낯선 이에게 내 생활 모습을 보이는 게 그리 편한 일은

아니다. 그래서 나는 호텔에 있을 때도 침대를 정리하고 쓰레기를
한곳에 가지런히 모아 두거나 내 물건을 보이지 않게 가방 안에 넣어
둔다. 한 호텔에 오래 머물다 보면 방을 청소해 주시는 분도 자주
마주치게 된다. 그래서 내가 지내는 방을 최대한 깨끗이 정리해 두는
게 내 마음을 편하게 한다. 주변에서는 이런 나를 두고 불필요한
눈치를 너무 본다고 말하기도 한다. 하지만 이렇게 해야 내 마음이
편하다면 그건 눈치를 보는 게 아니라 자기만족이요, 나름의 평범한
일상을 가꿔 가는 방식이라고 생각한다.

예전에 며칠 동안 머물던 호텔에서 방을 청소해 주시던 분은 아침
일찍부터 방 청소를 시작하곤 했다. 복도에서 마주치면 호호호호~
하고 경쾌한 웃음소리를 길게 낸 뒤, 언제나 '좋은 아침이에요.'라는
인사를 건네 왔다. 그녀의 호호호호~ 하는 웃음소리는 멜로디가
만들어질 만큼 음역대가 늘 달랐는데 경쾌하게 복도에 퍼지는
웃음소리가 사람을 유쾌하게 했다. 그런 웃음소리에 순박한 미소를
환하게 지어주는데 그 모습을 보고 기분 나쁠 사람은 없을 듯했다.
만약 그런 모습에 기분이 나쁘다면 그 사람의 정신세계가 안타까울
정도로 복잡한 탓일 수 있다. 매일 호텔 방을 청소해 주는 그분을
만날 때, 지저분한 방을 만들어 놓는 사람보다는 깨끗이 방을 쓰는
사람으로 기억된다면 나도 그녀의 유쾌한 웃음소리를 더욱 흐뭇하게
기억할 수 있을 것이다.

 호텔에서 한 달 살기

중국에 집이 생겼다

중국에 온 후 호텔에서 지내던 생활을 정리하고, 마침내 집을 정해 이사를 했다. 비록 내가 소유한 집은 아니지만, 내 거주지로 등록된 집이 중국이라는 나라에 생긴 것이다. 타인이 때때로 드나들지 못하는 나만의 공간이 있다는 게 얼마나 소중한지를 깨닫는 한 달을 보냈다. 호텔이나 공공 생활공간은 내게 배정된 방이 있더라도 정확히 말해 내 공간이 아니라서 불편한 점이 있다. 중국에 마련한 거주지에서 이제 겨우 사흘 밤을 보냈지만, 아직 정리가 덜 되어 어수선해도 누워서 잠을 청하는 마음이 편안하다. 나름 부지런히 정리한 덕분에 아이스커피 한 잔을 만들어 옆에 두고 글을 적을 여유도 생겼다.

덥고 습한 날씨 때문인지 방마다 천장에 에어컨이 설치되어 있고, 실제로 에어컨을 켜지 않으면 숨이 막혀 잠들기 어렵다. 에어컨 소리에 익숙하지 않아 낮에는 내가 주로 지내는 공간에 하얗고 동그란 작은 선풍기를 하나 놓아두었다. 그 앞에 등받이가 없는 의자를 하나 두고 어깨에 힘을 뺀 채 눈을 감고 선풍기의 은은한 바람을 즐기고는 한다. 소음이 거의 없지만 그래도 돌돌 돌아가는 소리가 들리는데, 그 돌아가는 모습과 소리가 턴테이블이 잔잔한 음악을 만들어 내는 듯해서 눈을 감고 바람과 소리를 음미한다. 그렇게 바람과 소리를 즐기다 보면 이 더운 날씨가 고맙게 느껴질 정도로 감성이 살아난다. 어느 영화 속 주인공이 마루 위에 누워 얼굴에 불어오는 선풍기 바람을 음미하던 장면을 연상하게 된다. 날이 덥지 않아 선풍기나 에어컨을 거의 사용하지 않고, 햇살을 볼 수 있는 날이 많지 않던 네덜란드에서는 쉽게 얻지 못하던 느낌이다.

여전히 집 정리는 끝이 없고 생활하는 데도 어리숙한 점이 많다. 중국어로 작동법을 익혀야 하는 가전제품들과 집에 설치된 관리 시스템 이용법을 배우는 것도 쉽지 않다. 배송하러 온 분이 도착한 걸 깨닫지 못해 더운 날씨에 그분을 30분이나 차와 현관 사이에서 오가게 한 적도 있다. 도어벨 작동이 안 되어 결국 밑으로 직접 내려갔더니, 땀을 흘리며 잔뜩 심통 난 얼굴로 나를 원망스럽게 쳐다보던 배송하시는 분의 얼굴을 보고 몸 둘 바를 모를 정도로 미안했다. 물건의 과대 포장이 심해 쓰레기가 너무 많이 나오는 것도 마음을 무겁게 한다. 동전 크기 과일 몇 십 개가 하나씩 낱개로 포장된 걸 보고 놀란 적도 있다. 새로 이사 온 탓에 플라스틱과 종이

분리수거물을 잔뜩 쌓아 내놓으며 청소하시는 분 눈치가 보였는데, 다행히 오가며 마주칠 때 별말 없이 웃으며 인사를 해 주서서 안심이다.

창을 열어두지 않아도 밤이 되면 멀리서 개구리 울음소리가 들려온다. 더운 날씨에 정원을 가꾸고 싶지 않아 맨 꼭대기층 집을 얻었지만, 유리창 너머로 녹음이 가득한 풍경을 가까이 내다볼 수 있어 다행이다. 걸어서 닿을 수 있는 거리에 있는 식료품점과 서점도 찾아뒀고, 맛있는 음료와 음식을 파는 상점도 발견했다. 집을 급히 정한 탓에 실제로 이사 와서 마음에 안 들거나 문제가 많을까 봐 걱정을 많이 했다. 다행스럽게도 이사 온 지 며칠 만에 오랫동안 생활한 듯한 편안한 느낌이 든다. 마음 편히 앉아 생각을 하고 글을 쓸 수 있는 공간도 찾아냈다. 이만하면 꽤 괜찮은 집을 만난 듯해 운이 좋았다는 생각이 든다.

만나게 돼서 다행입니다. 앞으로도 잘 부탁합니다.

그러게 엄마 욕심이지

중국에 온 후 기회가 닿을 때마다 곳곳에 자리한 서점들을 방문했다. 일반적인 서점 풍경과 별다를 게 없지만, 이방인의 시선으로 보면 특이하게 느껴지는 점들이 곳곳에 있다. 아주 오랜 세월 한자리를 지키고 있는 한 대형 서점을 다시 방문한 적이 있다. 번화가의 시작점에 위치한 유명 서점이다. 그곳에 여전히 서점이 자리를 지키고 있다는 게 대견해서 반가운 마음에 구석구석 둘러보다 한 곳에서 걸음을 멈췄다. 중고등학교 학습 자료 코너였는데, 책장과 매대마다 참고서와 학습지가 산처럼 쌓여 있었기 때문이다. 그 어마어마하게 빽빽한 모습을 보니 아찔하게 숨이 막혀왔다. 아, 이곳은 학생들이 이렇게 공부하는 곳이지. 새삼스럽게 내가 어디에 와 있는지 실감하며 내 중고등학교 시절을 떠올렸다.

하루는 아이와 학교에서 어떻게 지냈는지 이야기를 나누고 있었다. 그런데 아이가 기분이 좋아 보이지 않았다. 뭔가 심통 난 듯

불만이 얼굴에 가득해 그 이유를 물었다. 무슨 일이 있었는지 물어봐 주기를 기다렸다는 듯 아이는 바로 마음에 담고 있던 생각을 꺼내기 시작했다. 학교 선생님 한 분이 아이가 쓴 글씨를 알아보기 어렵다고 말했다고 했다. 네덜란드에선 필기체로만 글씨를 써왔던 아이라 정자체로 글씨를 써야 하는 게 익숙하지 않았다. 네덜란드에서는 필기체만 썼기 때문이라고 변명하기도 그렇고, 앞으로 따로 연습을 시켜야겠다는 생각이 들었다. 그래서 바로 중국 서점에 가서 정자체 쓰기 학습지를 하나 사 왔다. 얇은 습자지 아래 정자체 문장을 따라 적는 학습지였다.

매일 한 장씩 따라 쓰며 연습하자고 했더니, 이런 학습지를 처음 본 아이는 황당한 반응을 보였다. 그렇게 며칠을 쓰다 보니 한 장이 반 장이 되고 반 장이 두 문장이 됐다. 어느 날 아이는 결국 불만을 토로했다. 너무 지루해서 도저히 못하겠고, 왜 해야 하는지 이해가 안 된다는 거였다. 그러면서 엄마가 갑자기 왜 이런 걸 하라는 건지 모르겠다며 이 상황을 받아들일 수 없다고 했다. 아이가 그렇게 말하자 순간 머리를 꽝 맞은 듯 정신이 번쩍 들었다. 내가 대체 뭘 한 건지 싶었다. 아이에게 미안해졌다. 아이도 나름의 생각이 있고 생활 방식이 있는데 중국에 왔다고 이곳 방식대로 공부를 밀어붙인 셈이었기 때문이다.

이 작은 해프닝 이후 우리는 정자체 따라 쓰기를 그만두었다.

다행히 아이는 학교생활을 하면서 자연스레 새로 쓰는 글자체에
익숙해진 듯했다. 내가 사 온 정자체 학습지는 여전히 거실 탁자
한구석에 놓여 있다. 버리기는 아까워서 가끔 나라도 재미로 따라
써 보려고 남겨뒀다. 몇 번 써 봤는데 너무 지루해서 나 역시 몇
문장 쓰다 펜을 던져 버렸다. 나도 하기 싫은 걸 아이에게 억지로
시키려 했다니 부끄러운 마음이 들었다. 아마 중국 서점에서 잔뜩
쌓인 참고서와 학습지들을 보고, 이곳 중고등학생들의 치열한
모습을 떠올렸던 모양이다. 그래서 나도 모르게 마음속에 부담감을
담아두었던 것 같다.

네덜란드에선 중고등학생용 학습지를 서점에서 찾아볼 수 없다.
수요가 없으니 판매하지 않는다. 대학에 가려고 그런 방식으로
공부할 필요도 없고, 대학은 자신이 원하는 공부를 더 해보려는
사람이 스스로 선택해 가는 분위기이기 때문이다. 처음에는
부모로서의 책임감과 개인적인 욕심으로 아이들의 학교생활에
간섭하기도 했었다. 그러나 어느 순간부터 그런 것들은 내 개인적
희망사항으로만 두기로 했다. 그 후로는 아이들 성적표도 그런가
보다 하며 덤덤히 읽게 되었다.

이제는 중국 서점에 가도 학습지 코너는 가지 않는다. 하던 대로
하기로 했다. 스스로 생각할 수 있는 능력이 있어야 책임감이 생기고,
그래야 결과도 받아들이기 쉽다고 생각하기 때문이다. 거실 탁자에

그러게 엄마 욕심이지

놓인 따라 쓰기 학습지는 중국에 사는 동안 그대로 둘 생각이다.

앞으로도 비슷한 충동을 느낄 때가 있다면, 잠시 했던 행동을

생각하며 혼자 재밌어하고 반성도 하려고 한다.

우리를 맞아준 건 쏟아지던 함박눈

우리 가족이 네덜란드에 처음 도착한 건 추운 날씨가
절정이던 1월이었다. 몇 년 만의 대폭설이라는 말이 나올 정도로
엄청난 눈이 내리고 있었다. 개인적으로도 그렇게 많은 눈을 본
건 정말 오랜만이었다. 우리는 아직 집을 정하지 못해 암스테르담
중앙역에서 도보로 몇 분 거리에 있는 호텔에 당분간 머물기로 했다.
그곳은 넓게 열린 공간 덕분에 중앙역 앞 물가의 전경이 한눈에
내려다보이는 곳이었다.

호텔 주변 지리를 정확히 모르는 상태라, 가장 가까운 슈퍼마켓이
북쪽으로 걸어가면 있다는 호텔 직원의 안내에도 그 위치를 쉽게
찾을 수 있을지 의문스러웠다. 그럼에도 당장 아이 이유식과
먹을거리를 구해야 했기에 위치도 잘 모르는 곳을 찾아 길을 나설
수밖에 없었다. 이미 10센티미터 넘게 쌓인 눈은 쉽게 그칠 것 같지
않았다. 호텔에서 눈이 그치거나 길이 정리되기를 마냥 기다릴 수

없었던 건, 배고픈 아이에게 줄 음식을 호텔에서 구하기 쉽지 않았기 때문이다.

속절없이 눈이 쏟아졌다. 유아차를 밀어야 했기에 우산을 쓰기도 어려웠다. 어디가 보행길이고 어디가 차도인지 구분이 안 될 정도로 세상은 온통 하얗게 덮여 있었다. 허둥대는 나에게 이정표가 되어줄 도로 표지판조차 하얗게 변한 상황이었다. 길을 안다고 해도 움직이기 쉽지 않을 텐데, 두껍게 쌓인 눈 위로 계속 눈이 더 쌓여 유아차를 밀며 걷는 게 너무 힘들었다. 발걸음 하나 옮기는 게 이렇게나 힘들 수 있다는 걸 깨달으며 삶의 고단함마저 느꼈던 순간이었다.

막막한 심정으로 눈길에서 유아차를 밀며 한참 걷다 보니 주택가 옆에 불을 밝힌 작은 상가 건물이 눈에 들어왔다. 내가 찾던 슈퍼마켓이 그곳에 있었다. 안도의 한숨을 쉬며 슈퍼마켓 안으로 들어갔다. 이유식과 아이에게 필요한 물품을 사고, 다시 한번 힘겹게 걸어 호텔로 돌아왔다. 호텔에 돌아와 거울을 보니 아이의 빨개진 볼만큼 내 얼굴도 땀과 눈, 피로로 얼룩져 있었다. 앞으로 펼쳐질 쉽지 않은 시간을 미리 경험한 듯한 기분에 왠지 모를 불안감이 차올랐다. 그런 마음을 애써 무시하려 했지만 곧 그 편치 않던 예감을 현실로 마주하게 됐다.

호텔에 머문 지 며칠 지난 어느 날, 호텔 청소부가 방을 청소하러

왔을 때였다. 간단히 타월을 바꾸고 쓰레기통만 비워달라고 부탁한 뒤 나는 아이와 응접실 소파에 앉아 청소가 끝나기를 기다리고 있었다. 방을 떠나기 전 쓰레기통을 비우려던 청소부는 나를 한 번 쳐다보더니 쓰레기통을 거꾸로 들어 호텔 카펫 위에 모든 쓰레기를 쏟아버렸다. 그러고는 나를 번갈아 쳐다보며 그 쓰레기를 자신의 쓰레기 꾸러미에 넣었다. 이게 대체 무슨 상황인지 당황한 나는 말을 잊은 채 청소부의 행동을 지켜봤다. 그 의도를 도저히 이해할 수 없었기 때문이다. 청소부는 아무 일 없었다는 듯 방을 떠났고, 나는 혼란스러움 속에서 대체 무슨 일이 벌어졌던 건지 헤아려보려 애썼다.

결국 그 행동이 무례했다는 결론에 이른 나는 호텔 담당 매니저에게 바로 이메일을 보냈다. 몇 시간 후 매니저가 방을 찾아왔다. 그의 손엔 호텔 마스코트인 작은 테디베어와 초콜릿 같은 선물이 들려 있었다. 나는 매니저에게 청소부의 행동이 일반적으로 일어날 수 있는 일인지 재차 물었다. 매니저 역시 그 행동은 이해할 수 없는 일이며, 호텔의 일반적인 청소 절차와도 맞지 않는다며 사과했다.

네덜란드에 도착한 첫 순간부터 함박눈에 고생하고, 호텔 청소부에게 이유 없이 모욕감을 느끼면서, 낯선 이곳에서 내가 잘 지낼 수 있을지 막막하고 두려웠다. 다행히 곧 우리 가족에게 알맞은 좋은 집을 얻어 이사를 했다. 그곳에서 좋은 이웃들의 따스한 환대를 받으며 낯선 생활에 순조롭게 적응할 수 있었다.

요즘도 함박눈이 잔뜩 쌓이는 날이면 낯선 길에서 유아차를 밀며 걷던 내 모습이 떠오르고는 한다. 낯선 곳에서 방향을 잡지 못하고 헤매다 보면 길이 끝나지 않을 듯하고 마음마저 피폐해지는 순간을 겪게 된다. 그러나 그런 순간에도 마음을 가다듬고 한 걸음씩 나아가다 보면 그 끝 어딘가에 빛이 기다리고 있다. 네덜란드 생활을 처음 시작했을 때의 어둡고 차갑던 막막함은 새로 이사 간 곳에서 따스한 이웃들의 온정으로 극복할 수 있었다. 그리고 그 공간에 채워 넣은 건 새로운 생활에 대한 희망이었다.

운전면허 여섯 번 떨어진 이야기

네덜란드에서 운전면허를 따기까지 총 일곱 번의 도전을 해야 했다. 여섯 번의 실패를 겪고 일곱 번째 도전에서야 운전면허를 얻었다. 몇 년이라는 시간이 걸린 이 과정 동안 네덜란드에서 운전면허 취득을 포기할까 생각한 적도 여러 번 있었다. 시험에 계속 떨어지자 그 원인을 개인적인 문제로 생각하며 자책도 많이 했다. 때로는 외부 요인, 예컨대 시험관의 주관적인 평가나 감정 때문이라고 생각하며 원망도 했다. 지금 생각하면 말도 안 되는 변명이라도 만들어 스스로를 위로하며 쓸쓸한 실패를 받아들이려던 시간들이었다. 당시에는 운전하는 사람들을 보며 부러워했고, 자신감까지 잃어가며 지냈다.

네덜란드에서 운전면허를 따려면 먼저 이론 시험을 통과한 후 도로 주행 시험을 봐야 한다. 주행 시험은 학원 차량에 시험관과 함께 타고 일반 도로와 주택가, 고속도로 등을 운전하며 진행된다.

시험관이 제시하는 방향대로 운전하며, 합격 여부는 오직 시험관의 평가에 달려 있다. 특별히 정해진 시험 코스가 없기에 매번 시험을 보는 도로도 다르다. 운이 좋으면 익숙한 길에서 시험을 보지만, 운이 나쁘면 낯선 길에서 시험을 보게 된다. 평가자가 시험관 한 사람이기 때문에 시험 결과가 그의 주관적인 평가에 따라 결정될 수밖에 없다. 대부분의 시험관이 공정하게 평가하겠지만 사람의 주관이 개입되기에 개인적 감정에 따라 평가가 달라질 가능성도 완전히 배제할 수는 없다.

첫 번째 네덜란드 운전면허 도로 주행 시험은 시작 10분 만에 중단되었다. 막다른 길에서 차를 돌리기 위해 후진을 하자 시험관이 짜증스럽게 소리를 지르며 강제로 시험을 종료시켰기 때문이다. 그 당시에는 내가 잘못했다고 생각하며 크게 당황하고 자책감을 심하게 느꼈다. 그러나 뒤늦게 생각해 보면 시험관의 태도에도 문제가 있었다. 그날 시험관의 감정적 태도에 불만을 제기하지 않은 게 후회되기도 했다.

운전면허 시험에 대한 두려움 때문에 재시험을 포기했고, 그렇게 3년을 보냈다. 운전을 못 해서 겪는 불편함이 두려움을 넘어섰을 때 다시 두 번 도전했지만 실패했다. 트럭이 끼어드는 상황에서의 대처 문제, 주택가에서 너무 느리게 운전한 점 등이 이유로 짐작되었다. 시험관은 구체적으로 무엇이 잘못됐는지 설명해 주지 않았다.

  운전면허 여섯 번 떨어진 이야기

보고서에는 '도로: 미숙한 처리', '신호: 미숙한 처리' 같은 모호한 피드백만 있었다. 이 때문에 다음 시험에 대한 불확실성이 커졌고 자신감은 더 떨어졌다.

이후 네덜란드에 계속 거주할지 불확실한 상황이 이어져 몇 년간 시험 응시를 중단했다. 그렇게 또 몇 년을 흘려보낸 후에야 다시 한번 도전할 마음이 생겼다. 그러나 또 떨어졌다. 자전거 도로를 충분히 살피지 않았고, 골목길에서 나오는 버스에 공간을 충분히 주지 못한 것이 이유였다. 운전 강습 선생님은 더 이상 가르칠 게 없다고 했고, 강습 때는 정말 잘한다며 늘 격려해 주었다. 하지만 시험에서는 매번 불합격을 받으니 자괴감이 들었다.

결국 일곱 번째 도전에서 시험관으로부터 완벽한 운전이었다는 말을 듣고 합격했다. 시험 후 시험관과 운전 강습 선생님, 그리고 내가 한 테이블에 앉았다. 시험관은 나를 한참 말없이 바라본 뒤, 감격의 합격 소식을 전해주었다. 나는 북받치는 감정에 두 사람 앞에서 울음을 참지 못했다. 내 오랜 시험 준비 과정을 알고 있던 운전 강습 선생님은 말없이 티슈를 건넸다. 그 선생님은 운전 강사 경력만 몇 십 년 되는 예순이 넘은 분이었는데, 자신은 아홉 번까지 떨어진 사람도 본 적 있다며 시험 전에 나에게 힘을 주려고 노력해 준 분이었다.

연식이 좀 되는 소형 중고차 한 대 값을 네덜란드 운전면허에 쏟아

부은 후 든 생각은, 시험은 운을 무시할 수 없으며 하지 않은 일은 많아도 하지 못할 일은 없다는 것이다. 남들은 쉽게 가는 길을 유달리 어렵게 갔지만, 여러 교훈을 얻었던 긴 여정이었다.

운전면허 여섯 번 떨어진 이야기

치열한 삶

오랜 시간 네덜란드에서 생활하다 중국에 와서 지내면서, 치열하게 산다는 것에 대해 생각해 볼 기회를 자주 얻게 된다.

저렇게 해야만 하는 건지 싶을 정도로 열정적으로 일을 하는 직원을 만나도 그렇고, 도로에서 서로 다른 방향으로 뒤엉켜 멈춰 서있다가 신호가 바뀌면 각자의 방식대로 신속히 움직여 가는 배달 스쿠터들을 봐도 그렇다. 그 밖에도 수많은 곳에서 마주치게 되는 치열히 살아가는 사람들의 모습을 보면, 살아간다는 것에 대해 다양한 생각을 하게 된다. 그렇게 살아가는 모습을 보며 자랐기에 그럴 수도, 아니면 그래야만 수많은 사람과의 경쟁 속에서 원하는 것을 성취할 수 있다는 믿음으로 인한 노력일 수도 있다.

중국에 온 후, 아이들의 음악 레슨을 계속 이어갈 생각으로 동네 음악 학원에 수업을 문의한 적이 있었다. 그랬더니 악기 수업을 담당하는 선생님의 사진과 개인 프로필이 담긴 팸플릿을 학원에서

바로 메시지로 보내주었다. 음악 수업을 담당하는 선생님의
세세한 개인 신상을 학부모인 내가 이렇게 받아봐도 되는 것인지
조심스럽게 느껴졌다. 수업을 정식으로 등록하자, 등록을 도와준
학원 직원에게서 수많은 정보가 담긴 메시지를 연속해서 받았다.
참 열심히 일하는 게 느껴질 정도로 열성적으로 정보를 안내해
주고 있었다. 학원에 등록을 시키기 위해서 이런 열성적인 태도를
보인다면 나름대로 이해가 될 만했지만, 이미 등록을 마친 고객을
위해 그렇게 열심히 일을 하는 건 그 사람의 개인적인 성향이고
평소의 성실함에서 나오는 행동이라는 생각이 들었다.

첫 번째 음악 수업이 있던 날, 아이와 함께 수업에 들어가 선생님을
만났다. 첫날이니 잠시 인사만 할 생각이었는데, 선생님은 보통
부모도 함께 앉아 수업을 지켜본다고 하며 나에게도 수업에 들어와
앉을 것을 청해왔다. 조금 당황스러웠지만 첫 수업이니 앞으로의
진행 방식도 알 수 있을 듯싶어 구석에 놓인 작은 의자에 앉았다.
내가 자리를 잡자 선생님은 내게 아이가 이 음악 수업을 받는
목표가 무엇인지 물어왔고, 나는 그 질문에 당황할 수밖에 없었다.
음악을 배우는데 무슨 목표가 있어야 된다는 것인지 질문의 의도를
이해하기가 어려웠기 때문이다.

내가 질문의 뜻을 다시 되묻자 같은 질문을 몇 번 반복하던
선생님은 미묘한 표정을 지었다. 그러다가 결국 선생님은 그 목표가

1868
1815
Ser.Over
8mins
皇爵
豐味香
特色小吃

무엇일 수 있는지에 대한 일반적인 예시를 말했다. 예를 들어, 콩쿠르에 나가거나 로열 아카데미에 진학하는 것 등이 있다고 했다. 악기를 평생의 취미로 배우고, 그렇게 인생을 살아가는 손재주 중 하나로 여기며 배우는 것이 일반적이라고 생각한 내게는 너무 다른 접근이어서 당황스러웠다. 선생님의 학력이나 경력을 학생의 부모에게 알려주는 것이 낯설었던 만큼, 목표를 묻는 질문이나 그에 대한 예시 또한 낯설게 느껴졌다.

수업 하나를 등록했을 뿐인데 하루에만 문자 메시지를 수십 개씩 받았다. 어안이 벙벙했다. 전화 한 통이나 문자 메시지 또는 이메일 하나를 받거나 아예 아무런 안내 없이 혼자서 홈페이지를 참조해야 하는 게 일반적이었던 생활에 익숙한 탓이다. 직원이 스스로 이렇게 열심히 일을 하는 게 신기하게 느껴질 정도로 익숙하지가 않다. 엄마의 잔소리가 연상될 정도로 정말 세세하게 이것저것 먼저 나서서 안내해 주는 직원의 태도가 낯설었다. 그러나 일하는 방식이 다른 것이지, 어떤 게 옳고 그르다는 단편적인 생각으로 이 모습을 단정 지을 수는 없다는 생각이 들었다.

네덜란드에서는 동네 주민 센터에 속해 있는 음악 학교에서 음악 레슨을 받을 수 있었다. 그곳은 취미로 음악을 배우는 곳이었고, 선생님과 수업을 진행하는 동안 누구도 목표에 대해 묻지 않았다. 음악 수업을 진행하는 선생님이 그 악기를 전문적으로 전공한 사람인지, 어떤 경력을 쌓았는지에 대해서도 특별히 궁금해하거나 학교 측에서 먼저 알려주지 않았다. 오히려 그런 음악 수업을 진행해 줄 선생님을 구할 수 있어서 다행이라는 생각을 하며 수업을 등록하는 경우가 많았다. 그만큼 선생님을 구하기가 쉽지 않은 상황이 대부분이기 때문이다. 그렇다고 그 수업 방식이나 수준에 문제가 있는 것은 아니었다. 음악에 대한 열정이 깊은 선생님은 진심을 다해 학생들을 가르쳤고, 학생들은 그 수업을 편안하게 즐기며 배웠다. 음악 수업을 통해 꼭 어느 단계를 성취하겠다는 치열함보다는 음악과 악기를 익히고 배우는 걸 즐기는 분위기였다.

운동을 해도 그냥 취미활동 정도가 아니라 마치 올림픽이라도 준비하듯 치열하게 열심히 수업을 진행하는 모습을 보게 된다. 음악을 해도 개인의 여가활동으로 생각하고 접근하는 것보다는, 뭔가 그 끝에 성취해야 할 목표를 정해두고 수업을 해가는 분위기다. 예체능 수업을 통해 얻게 되는 각종 입상 성적이나 증명서 등이 그들의 미래 목표에 도움이 되는 게 현실이다 보니, 이런 접근 방법이 당연하게 여겨지는 것도 이해가 되는 부분이다.

내 개인적 경험으로는, 네덜란드에서는 일을 위해 뛰어다니는 사람을 본 적이 없다. 그렇게 치열하게 일하지 않아도 별일이 일어나지 않을 거라는 생각이 기본에 깔려있기 때문일 것이다. 이건 반대로 생각해 보면, 치열하게 일을 해도 개인이 성취할 수 있는

최대치가 그리 달라지지 않을 것이라는 생각이 사회 전반적으로
존재할 수도 있음을 의미한다. 사회 복지에 근거한 모두가 함께 잘
살아가는 사회에서는 평균적으로 모든 사람이 함께 살아가는 것에
의미를 둔다고 할 수 있다. 따라서 한 개인이 특별히 뭔가를 더 하거나
덜 한다고 해도, 그 결과가 개인의 엄청난 성공이나 불행을 좌우할
정도로 크게 달라지지 않을 수 있다.

중국에 온 후로는 여기저기 바쁘게 뛰어다니며 치열히 살아가는
삶의 현장을 자주 본다. 치열한 삶의 터전 한가운데서 혼자 유유히
움직일 수는 없다. 살아남기 위해 목소리를 높이고, 하나라도 더
쟁취해야 할 수밖에 없다. 치열하게 살아가는 모습을 보고 있으면
그들의 열정과 열기에 나도 모르게 어깨에 긴장감이 실리고 주먹에
힘을 주게 될 때가 있다. 가슴속에서 뭔지 모를 뜨거운 감정이
데워지는 느낌도 든다. 삶을 어떻게 한 번 해보겠다는 의지 같은 것을
오랜만에 느끼며 삶의 동기가 끓어올려지는 게 느껴진다. 졸졸졸
흐르는 시냇물 곁을 따라 산책을 하다가 협곡을 마주한 후, 거센
물결이 여기저기 거대한 바위에 부딪혀 가며 역동적으로 흐르는
물줄기를 바라보는 기분이라고 묘사하면 비슷할 만한 감정이다.

낯설고 당황스러울 때도 있지만, 그 치열함을 대할 때 내 가슴이
가끔 뜨거워지는 기분은 꽤 괜찮다.

파라세타몰

콜록콜록 기침 소리가 오래가는 것이 걱정되어 병원을 찾았다. 이 정도의 증상이라면 네덜란드에서는 병원에 갈 생각조차 하지 않았을 거였다. 병원에서도 우선은 집에서 쉬라고 하며, 웬만해서는 병원 진료 예약을 잡아주지 않는 걸 알기 때문이다. 하지만 중국에 온 지 얼마 안 되었으므로 건강을 더 세심하게 챙겨야 한다는 생각이 들었다. 그와 더불어 찬 공기의 칼칼함이 심상치 않았다. 깊어지는 기침 소리가 왠지 걱정이 되기도 해서 병원에 연락해 예약을 잡았다. 아침에 전화해서 오후 진료 예약을 잡을 수 있다는 게 새삼 신기하게 느껴졌다.

코로나 팬데믹 당시 임신 중이었다는 의사는 파라세타몰paracetamol 얘기가 나오자 그 당시의 얘기를 잠시 들려주었다. 파라세타몰이 부족한 상황이 됐었고, 아파서 힘들어하던 어린아이들조차 제때 도와주기 힘들었던 순간들이 있었다고 했다. 이런 말들을 전하는

그녀의 얼굴에 깊은 안타까움이 묻어나는 것을 보며 그때 당시의
절박하고 위급했을 순간들을 나도 함께 머릿속에 떠올려 보았다.
그때의 느낌이 아직 남아있는지, 의사는 우리에게 파라세타몰이
필요하면 처방해 줄 수 있다고 친절히 말해왔다. 코로나 팬데믹을
겪고 난 후 파라세타몰의 의미를 개인적으로 조금은 남다르게 느끼게
됐다. 아마도 이 의사도 그런 남다른 의미를 기억하며 건넨 친절한
제안일 거라는 생각이 들었다. 우리도 역시 코로나 팬데믹을 겪고 난
후, 파라세타몰을 집에 늘 필요 이상으로 미리 구비해 두는 습관을
얻게 되었다. 어디서든 쉽게 구할 수 있을 것이라는 생각을 가지고
있던, 흔하고 평범한 약의 소중함을 깨닫게 된 덕분이다.

사실 네덜란드에서 생활을 시작하기 전에는 개인적으로
파라세타몰이라는 약품의 이름을 몰랐고, 사용해 본 적도 없었다.
감기 등의 증상이 있을 때 감기약을 먹으며 그 성분을 섭취했을 수
있지만, 파라세타몰이라는 개념을 인지하고 복용한 적은 없었던
듯하다. 네덜란드에서 생활하며 약 이름 중 제일 처음 익혔던
단어가 파라세타몰이었다. 그만큼 네덜란드에서는 기초 약품으로
자주 언급되며, 일상생활에서 흔히 사용되는 약이다. 감기 기운이
있거나 몸이 조금 아파 홈닥터에게 전화를 하면, 보통은 집에서
파라세타몰을 먹은 후 푹 쉬라는 얘기를 듣게 된다. 며칠이 지난
후에도 몸 상태가 괜찮아지지 않으면 그제야 병원에 진찰 예약을 할

                                        파라세타몰

수 있는 게 일반적이다.

이쯤 되면 거의 만병통치약이라고 믿는 게 아닌가 싶을 정도로 모든 상황에서 그 이름이 자주 등장한다. 처방전 없이 구할 수 있는 약이기 때문에 슈퍼마켓, 생활용품 상점, 의약용품 가게 등에서 다양한 브랜드의 파라세타몰이 눈에 잘 띄게 진열되어 있는 걸 흔히 볼 수 있다. 스페인에서 온 커플은 네덜란드 사람들이 파라세타몰로 모든 걸 해결한다고 농담을 하기도 했다. 같은 유럽 국가들이라도 기초 의약품으로 사용되는 약품의 이름이 다를 수 있는 점과, 병원 예약을 잡기 쉽지 않은 점을 두고 하는 농담이라는 생각이 들었다. 그들의 농담을 들으며, 나도 마음속으로는 정말 그렇게 생각을 하며 살아가는지도 모를 일이라는 생각을 하며 웃었던 기억이 있다.

예전에 네덜란드에서 출산을 한 후 보건소 의료직원이 집에 방문해 온 적이 있었다. 그 당시 정부에서 지원해 주는 산후조리사가 집에 함께 있었다. 내가 파라세타몰을 복용해도 되는지에 대해 질문을 하자, 보건소 의료직원은 아무래도 약이기 때문에 웬만하면 안 먹는 게 더 좋을 거라는 답을 했었다. 참을 수 있으면 참아보고, 정말 못 참겠으면 파라세타몰을 먹으면 좋겠다고 했다. 산후조리사는 보건소 의료직원이 돌아가고 난 후 그걸 뭘 참을 필요가 있냐며 힘들고 아프면 파라세타몰을 먹으라고 내게 말해왔다. 괜히 아픔을 참지 말라고 내게 조언을 했던 건데, 그녀의 그 조언은 내 마음에 작은 파동으로 남았다.

　그때까지만 해도 진통제는 나쁜 것이고, 웬만하면 아픔을 참고 견디면 되는 것으로 여기며 살아왔다. 그런데 산후조리사의 의견은 굳이 아픔을 참으며 힘든 시간을 보낼 필요가 없다는 거였다. 유독 생리통이 심할 때는 눈물이 날 만큼 끙끙 앓으며 배를 부여잡고 책상에 엎드려 아픔을 견디던 지난 시간들이 떠올랐다. 아파서 일상생활을 해나갈 수 없을 정도여도 참으며 보냈던 그 시절 속의 내 모습이 미련스럽고 안쓰럽게 느껴졌다. 이제 꼭 필요한 상황에는 아픔을 참지 않고 파라세타몰을 한 알 먹는다. 물론 무분별하게 약을 과다복용하는 건 주의해야 할 부분이다. 그럼에도 불구하고, 전문적으로 권장되는 복용 방법을 준수하면서 필요한 순간에 사용하는 것은, 삶의 유한한 시간을 미련하게 아픔으로 허비해 버리는 것보다 낫다는 생각을 해본다.

　　　　　　　　　　　　　　　　　　　　파라세타몰

찬란한 놀이터

잠시 프랑스의 한 시골 도시에 살던 때였다. 돌담길로
이어진 내리막길을 따라 내려가면 돌담 사이에 철제문 하나가
있었다. 그 철제문 안으로 들어서면 우람한 나무들이 양쪽으로
끝없이 뻗은 숲길이 나온다. 나무가 너무 커서 몇 명이 손을 잡아야
나무 둘레를 다 감쌀 수 있을 정도였다. 콘크리트로 덮인 길을 걷다
철제문 하나만 지났을 뿐인데 숲 속으로 들어선다. 빽빽한 나뭇잎
사이로 햇살이 쉽게 들어오기 힘들 정도로 깊은 그늘이 펼쳐진다.
나무들이 무성하지만 숲길은 꽤 넓다. 마차 몇 대가 동시에 지나갈 수
있을 만큼 여유가 있다. 숲 옆에는 오래된 성이 하나 있었다. 그 성을
방문하는 관광객들을 태운 마차가 실제로 숲길을 지나가기도 했다.

마차가 지나는 숲길 바로 옆에 놀이터가 하나 있었다. 우람한
나무들이 가득했지만 그 공간만은 나무 그늘이 없었다. 햇살이 가득
들어올 수 있게 큰 나무 하나 없이 하늘이 열린 공간이었다. 짙은

그늘 속에서 그곳만 밝고 눈부시게 찬란했다. 빛의 대조가 너무 강해 주변의 녹음과 어우러지며 비현실적이고 환상적인 느낌을 줬다. 그런 환상적인 분위기에는 놀이터 옆 숲길을 지나는 마차의 역할도 컸다. 두 마리의 말이 끄는 마차가 요란한 소리를 내며 다가오면 놀이터의 아이들은 나무 담장 쪽으로 달려갔다. 고요한 놀이터에서 잠시 일어나는 소란스러움은 모두에게 행복한 웃음을 안겨줬다. 아이들은 마차를 보며 서로 재잘거렸고 어른들은 그 옆에서 자연스럽게 대화를 나눴다. 마차가 지나가면 아이들은 다시 놀이터로 돌아갔고 부모들은 자연스레 이야기를 이어갔다. 놀이터 나무 담장 안에는 그네, 시소, 미끄럼틀, 철봉 등이 약간 경사진 잔디밭 곳곳에 놓여 있었다. 그 평화롭고 아름다운 놀이터에서 아이들은 자유롭게 뛰어놀며 자연을 만끽할 수 있었다.

놀이터는 타지에서 온 젊은 가족들이 자연스럽게 친구를 사귈 수 있는 공간이 된다. 어린아이를 둔 가족이 낯선 곳으로 이사 오면 아이를 데리고 놀이터로 나간다. 아이는 또래 친구를 만나고 부모도 비슷한 처지의 이웃들을 만날 기회를 얻는다. 한번은 산책길에 들른 놀이터에서 한 아이 엄마와 대화를 나누게 됐다. 아이들이 모래밭에서 놀기 시작하자 우리도 아이들 근처에 앉아 자연스럽게 이야기를 나눴다. 그녀의 억양에서 그녀 역시 타지에서 온 사람임을 알 수 있었다. 시간이 흘러 우리가 떠나려 할 때 그녀는 자주 이

　　　　　　　　　　　　　　　

놀이터에 오는지 물었다. 다시 만나고 싶은 마음이 담긴 말이었다.

처음 만난 사이여서 서로 연락처를 주고받기는 조금 애매했다. 하지만 놀이터에서 다시 만나 대화를 이어가자는 마음을 느낄 수 있었다. 그렇게 다음을 기약하며 작별하고 놀이터를 떠났다. 그러나 그 후로는 그녀를 다시 만나지 못했다. 놀이터는 아이를 키우며 부모도 함께 자라게 하는 곳이다. 자연스럽게 사회적인 교류를 시작할 수 있도록 도와준다. 놀이터에서 놀기에는 나이가 든 부모들에게도 새로운 친구를 사귈 기회가 된다. 지나가다 놀이터를 보면 아이들이 노는 모습을 보며 내 예전 모습이 떠오른다. 그때 만났던 그 아이 엄마도 분명히 누군가를 다시 만나 교류했을 것이다. 나 역시 그렇게 사람을 만나고 그들로부터 배우며 아이를 키우고 나 자신도 성장할 수 있었다.

요즘은 아이들과 놀이터에 갈 일이 없다. 그러나 지나가다 놀이터를 보면 여전히 반갑다. 재잘거리며 뛰노는 아이들의 모습을 보면 그곳에 빛이 난다. 아이들 옆에서 부모들이 이야기를 나누는 모습을 보면 내 예전 모습이 떠올라 묘한 기분이 든다. 타인과의 교류가 힘든 시대라고 한다. 낯선 곳에서 만나는 타인에게 관심을 덜 기울이게 되는 시대이기도 하다. 같은 공간에 있어도 자기 손 안의 세상에 빠져 고개 한 번 옆으로 돌리지 않는다. 곁에 누가 있는지조차 잘 모를 때가 있다. 내가 지금 어린아이를 데리고 낯선 곳으로 이사해야 한다면 예전보다 훨씬 어려운 점이 많을 것 같다. 그럼에도 우리의 삶에 여전히 놀이터가 있어 다행이다. 그 숲길 옆의 놀이터도 같은 자리에서 여전히 찬란하게 빛을 발하고 있다. 놀이터가 있어 낯선 곳에 적응하려 애쓰는 젊은 부모들이 아이를 키우고 스스로도 성장하며 삶을 가꿀 수 있을 것이다.

함께 살아도 선택적으로

네덜란드에서 알고 지내던 한 여인이 최근 아이를 낳았다.
오랜 시간 함께 지내온 남자친구와의 사이에서 아이가 생겼다는
이야기를 들은 게 얼마 전이었던 것 같은데 최근 아이를 낳고
출산휴가를 시작했다고 한다. 두 사람은 꽤 오랜 시간 함께 살아왔고,
이제 아이도 태어났으니 그들의 관계에 변화가 있을지 궁금했다.
그들은 아이의 공동 양육자 겸 동거인으로 함께 살아갈 생각이라고
한다. 서로에 대한 애정도 여전히 달라지지 않았지만, 결혼이나
혼인 신고 같은 법적 절차를 밟을 생각은 전혀 없다고 했다. 남자
측은 결혼식이라는 제도가 불편하다는 입장이고, 결혼식 없이 혼인
신고만 하는 것도 의미가 없다는 생각을 갖고 있다고 한다. 여자 측도
마찬가지여서, 두 사람은 서로의 동의하에 파트너, 즉 동거인으로서
서로를 정부에 등록하고 아이의 출생 신고를 마쳤다.

하지만 이들의 선택을 마냥 마음 편히 받아들일 수 없는 사람은

여자의 아버지였다. 그는 딸의 결혼식을 포기할 수 없다는
입장이었다. 아버지가 지금도 살고 있는 그녀의 고향 마을에서는
아이까지 낳은 상황이라면 결혼식을 올리고 정식 부부가 되는 것이
일반적인 일처럼 여겨지기 때문이다. 결혼식을 치르지 않았을 뿐
아니라 법적으로 부부로 등록하지도 않은 채 동거인으로만 등록하고
아이를 키우는 일은, 그 마을 사람들에게 자연스럽게 받아들여지지
않는다. 아버지는 딸을 위하는 마음에 결혼식과 혼인 신고를 권하고
있지만, 이미 성인이 된 자녀의 선택을 존중할 수밖에 없는 상황이다.
동거인으로서 함께 살아가며 부모로서 책임을 다하려는 두 사람의
입장, 그리고 딸이 행복하기를 바라는 아버지의 마음은 모두
이해되는 부분이다.

네덜란드에서는 동거 중 아이가 생겨도 결혼 절차 없이 함께
살며 아이를 키우는 일이 흔하다. 결혼식과 혼인신고 없이 아이를
양육하는 것에 대해 이상하게 생각하지 않는 분위기다. 법적인
절차에 얽매이지 않고 함께 살아가는 것만으로도 충분히 행복하다고
여긴다. 이는 별다른 차이 없이 아이를 키우며 살아가는 것이
가능하기 때문이다. 결혼식이나 공적인 서류 절차를 통해 관계를
공식화하는 일에 필요성을 느끼지 않는 이들이 많다는 점에서 그들의
선택은 자연스럽게 보이기도 한다.

하지만 이런 자유로운 동거의 이면에는 예상치 못한 후회와 상처가

함께 살아도 선택적으로

따를 수 있다. 자유로운 연애주의자에게도 동거 후 생채기는 피할 수 없는 아픔이 된다. 더군다나 동거 후의 이별은 단순히 관계의 끝을 넘어 마음 깊은 곳에 일반적인 이별과는 다른 후유증을 남길 수도 있다. 사랑과 연애의 결실이라고 일반적으로 일컬어지는 결혼이란 제도를 거친 후 겪게 되는 이별 또한 비슷한 후유증은 존재한다. 연애 후의 이별과 동거 및 결혼 후의 이별은 결이 다를 수는 있지만 개인이 느끼는 이별의 후폭풍은 누구에게나 나름의 아픔과 상처를 남긴다. 만남이 어렵다면 헤어짐은 그보다 더 어려울 수 있다. 감정이 얕은 관계였다면 이별의 여운이 크지 않을 수 있지만, 함께 생활하며 깊은 감정을 나눈 사람과의 이별은 다르다. 깊은 마음을 나눴던 사람과의 이별은 감정의 무게가 다르게 다가온다. 함께 오랜 시간을 보낸 후 결국 헤어지게 된다면, 남겨진 시간과 추억은 쉽게 지울 수 없는 짐처럼 느껴질 수 있다. 그런 무게를 각자 짊어지고 또 다른 길을 가야 한다는 것은 결코 쉬운 일이 아니다.

또 다른 커플의 이야기도 비슷한 생각을 하게 만든다. 그 커플은 오랫동안 월세집에서 동거하다 함께 집을 구매하기로 했다. 두 사람은 비용을 반반씩 부담하기로 합의했고, 은행 대출을 받아 집을 샀다. 처음에는 자신들의 집에서 행복하게 살아갈 미래를 꿈꿨다. 하지만 얼마 지나지 않아 두 사람은 이별하게 됐다. 슬프게도 가장 큰 문제는 그들이 함께 갚아야 할 공동 대출금이었다. 경제적으로

여유가 없는 상황에서 동거를 끝낸 후에도 각자 대출금을 상환해야
했다. 한 사람이 전액을 갚으며 부담을 떠안을 수도 없었다. 집을
나가는 사람은 새 집을 찾아야 했고, 그동안 집에 들인 돈을
돌려받아야 하는 상황에 처했다. 결국 이 상황은 감정적 상처를
넘어 현실적인 문제로 이어졌고, 두 사람은 손해를 보더라도 집을
급히 팔거나 다른 방식으로 해결할 수밖에 없었다. 동거의 경우 두
사람만의 이야기로 끝낼 수도 있지만, 결혼의 경우 보통 더 다양하고
넓은 이해관계가 얽혀 있어 한결 상황이 복잡할 수 있다.

이처럼 이별은 감정의 파도를 겪어내는 일이지만, 함께 생활한
후의 이별은 단순한 연애의 끝보다 더 현실적인 문제를 함께 풀어야
하는 복잡한 상황이 될 수 있다. 현실적인 문제와 감정적 상처가
얽히며 겪게 되는 이별의 후폭풍을 견뎌내야 할 수도 있기 때문이다.

새해를 시작하는 마음

1월 1일 새해 아침을 맞이하며 집 안에서 분주히 움직이고
있었는데, 현관문 앞 매트에 놓인 연녹색 봉투가 눈에 띄었다. 의아한
마음에 봉투를 집어 들어 살펴보니 골목길 끄트머리 집에 살고
있는 이웃에게서 온 카드였다. 평소 왕래가 없던 사이였기에 새해
아침부터 받은 카드의 내용이 궁금했다. 얼른 봉투를 열어 메시지를
읽어보았다. 하지만 내용은 새해 첫날 아침에 받기에 그리 반가운
내용은 아니었다. 밤새 내 집 앞에서 옆집 사람들이 친구들과 모여
음악을 크게 틀고 불꽃놀이를 즐기던 것을 우리 가족이 그런 것으로
오해를 한 모양이었다. 그렇게 새벽녘까지 시끄러운 소음을 만들던
옆집 가족은 신나게 즐긴 불꽃놀이의 흔적을 치우지도 않은 채
그대로 집으로 돌아갔다. 그 쓰레기 잔해를 본 이웃이 우리 가족에게
쓰레기를 치우는 게 좋겠다는 메시지를 새해 인사와 함께 보낸
거였다.

그렇지 않아도 지난밤 새벽까지 이어지는 소음과 내 집 앞에서까지 불꽃놀이를 하는 이웃으로 인해 짜증이 올라왔던 참이었다. 그러나 연말연시를 좋게 보내고 싶은 마음에 가까스로 억누르고 잠을 청했다 깨어나 맞은 새해 아침이었다. 그런데 이렇게 인사 한 번 직접 나눈 적 없던 이웃에게 오해까지 받고 나니 새해 첫날을 시작하는 기분은 엉망이 되어버렸다. 속상한 마음을 가까스로 진정시키며 다소 날카로운 심정을 담아 답장을 썼다. 그 후 카드를 길 끄트머리 그 이웃의 현관문에 달린 우편함으로 밀어 넣었다. 고자질을 하는 것 같은 모양새가 되는 듯해 잠시 망설였지만, 새벽까지 거리에서 시끄럽게 파티를 즐기고 불꽃놀이를 한 건 우리 옆집의 소행임을 카드에 적었다. 이 골목에 사는 외국인은 우리 가족이 유일했기에 이런 오해로 따가운 눈초리를 받게 될 여지를 남기고 싶지 않은 마음이 있었다. 또 이런 문제는 확실히 해두는 게 좋겠다는 생각이 들었다.

보통 네덜란드 사람들은 한 해의 마지막 날 가족이나 친구와 모여 불꽃놀이를 즐긴다. 또 간단한 음식과 따스한 음료 등을 함께 나누며 한 해를 마무리하고 새해를 맞이하는 게 일반적이다. 그러므로 옆집 사람들이 새벽까지 소음을 만들며 집 앞에서 불꽃놀이를 즐겨도 그냥 이해하고 넘기려 했다. 사실 길 끄트머리 이웃의 카드를 받기 전에는 집 앞 거리가 그렇게나 엉망이 되어있는 줄은 몰랐다. 카드를 받고 밖에 나가보고 나서야 유달리 지난 새벽이 시끄럽고 혼잡스럽게 느껴졌던 이유를 알 수 있었다. 화단뿐만 아니라 길거리 전체가 크고 작은 불꽃놀이 잔해들로 덮여 있었기 때문이다.

몇 분의 시간이 흐른 후, 우리 집 현관 매트에 또 다른 연녹색 봉투가 떨어져 있었다. 얼른 집어 카드를 꺼내 읽어봤더니, 오해해서 미안하다며 행복한 새해를 맞이하기를 바란다는 내용이 적혀있었다. 그제야 잔뜩 곤두섰던 기분이 누그러지며 새해 첫날 아침에 걸맞은 따스하고 평안한 감정이 마음속에 퍼져가는 게 느껴졌다. 답장에 우리 가족은 우리의 원래 문화대로 새해 첫날 일찍 일어나 몸과 마음을 깨끗이 하고 새해를 맞이해야 해서 일찍 잠자리에 들었다고 적었는데, 그에 대한 답으로 본인들도 일찍 잠자리에 들었고 새해 첫날은 일찍 일어나는 가족 문화를 갖고 있다고 적혀 있었다. 직접 얼굴을 마주하고 인사를 나눈 적은 없지만 창가에 앉아 책을 읽거나 신문을 읽는 그 집 노부부의 모습은 몇 번 본 적이 있었기에 적혀 있는 내용이 이해가 되었다.

고자질처럼 보낸 카드가 있으니, 옆집 사람들과 앞으로 어떻게 대해야 하나 조금 걱정스러운 마음도 들었다. 분명 내게 카드를 다시 보내며 옆집에도 똑같이 연녹색 봉투에 카드를 넣어서 보냈을 거라는 생각이 들었기 때문이다. 역시나 조금 후, 따스한 오전 햇살을 즐기며 창가에 서서 바깥 풍경을 보고 있던 때였다. 옆집 가족이

빗자루와 쓰레기통을 들고나와서 길거리와 화단을 청소하는 게 눈에 띄었다. 조심스레 밖에 나가봤더니 옆집 가족이 우리를 보며 약간 겸연쩍은 표정으로 새해 인사를 건넸다. 우리도 새해 인사를 하고 집 안으로 다시 들어왔다. 그 가족이 청소를 끝내고 집으로 돌아간 후 우리가 다시 나가 집 앞 화단을 좀 더 깨끗이 청소해야 했지만 별다른 불만스러운 감정은 더 이상 들지 않았다. 연녹색 봉투가 옆집에 보내진 덕분에 그 가족이 밖에 나와 길거리 청소를 했으니 다행이라는 생각이 들었다.

새해 첫날 이른 아침부터 받게 된 연녹색 봉투는 불쾌함으로 내 가슴을 빠르게 뛰게도 했지만, 결과적으로 이웃 간의 감정을 깔끔히 정리하고 문제를 자연스럽게 해결하는 모습을 경험하게 해주었다. 매너 있게 의견을 전달하고, 그런 매너를 겸허히 수용하고 행동으로 옮기는 모습을 볼 수 있어 새해의 시작이 오히려 좋아졌다는 생각마저 들었다. 오해에서 비롯된 작은 소란이었다. 그리고 오히려 보통의 상식이 이해되는 이웃들과 지내고 있다는 걸 확인할 기회를 얻어 기분이 좋았다. 사람이 함께 살아가다 보면 얽히고설키는 문제가 있을 수밖에 없고, 두드러지게 민감한 상황을 만들기도 한다. 말이 통하는 사회, 일상의 평범함이 서로에게 이해되는 사회에서 함께 살아가는 걸 깨닫게 되는 순간, 우리는 따스함을 느끼고 희망을 애기할 수 있다는 생각을 해본다.

눈, 자전거, 소중한 사람

몇 년 전 겨울 어느 날 아침, 밤새 내린 함박눈이 온 세상을 뒤덮은 채 십여 센티미터 이상 쌓인 적이 있었다. 예상치 못하게 한꺼번에 내린 눈 때문에 도로와 보행로, 자전거 도로가 모두 눈에 가려진 아침이었다. 네덜란드에서 아이들은 보통 혼자 자전거를 타고 학교에 가는데, 평일인 그날도 아이들은 여느 때처럼 자전거를 타고 학교에 가야 하는 상황이었다. 가느다란 자전거 바퀴는 추운 날씨에 얼어버린 눈 쌓인 도로에서 그 역할을 제대로 해내지 못했다. 곳곳에서 자전거를 타고 조금씩 움직이다 바로 넘어지거나, 자전거와 함께 미끄러져 나뒹구는 모습이 이어졌다.

이런 상황을 전혀 예상하지 못한 나는 아이와 함께 자전거를 타고 학교에 가려고 길을 나선 참이었다. 우리도 다른 사람들과 마찬가지로 몇 미터 못 가서 계속 자전거와 함께 미끄러지고 넘어지기 시작했다. 내 몸 하나 추스르기도 버거운 상태에서 고개를 돌려 옆을 보니, 내 아이는 자기보다 무겁고 큰 자전거를 눈길에서 버티느라 거의 울상이 되어 있었다. 이미 몇 번 눈에 곤두박질친 무릎과 엉덩이는 차갑고 아팠지만, 아이의 눈물이 그렁그렁한 얼굴을 보자 순간 정신이 번쩍 들었다. 강한 엄마인 척 연기를 해야 하는 순간임을 깨달았기 때문이다. 주위를 둘러보니, 사람들이 대부분 자전거 타기를 포기한 채 자전거를 밀며 걸어가고 있었다.

난 아이에게 애써 밝은 미소를 지으며 별것 아니라는 듯 어깨를 한 번 으쓱해 보인 후, 우리도 자전거를 밀고 걸어서 학교까지 가자고 말했다. 걸어가려면 못 걸을 거리는 아니지만, 눈 속에 발이 푹푹 빠지는 추운 날씨에 자전거를 밀며 걷는 것은 보통 힘든 일이 아니었다. 내 자전거를 버릴 수도 없고, 그렇다고 내가 혼자 아이의 자전거까지 두 개를 밀고 갈 수도 없는 상황이었다. 이런 힘든 상황에서 나는 아이에게 그리 도움이 되지 못하는 엄마였다. 아이는 자기 몸에 비해 무겁고 큰 자전거를 산 지 얼마 안 됐을 때였고, 이런 황당하고 힘든 시련을 인생에서 처음 겪는 중이었다.

내가 그 상황에서 아이를 위해 할 수 있는 일은 별로 없었지만, 그래도 나는 아이에게 뭐라도 도움을 주기 위해 노력했다. 우선 내가 해 줄 수 있던 일은 아이에게 울지 말라고 말해주는 것이었다. 학교로 가는 길이었기에 주변에 같은 학교 아이들이 있을 수 있으니, 그 아이들 앞에서 눈물을 보이면 두고두고 창피할 거라는 경고 섞인 조언을 해주었다. 그 후에 내가 한 일은 아이와 눈이 마주칠 때마다 약간은 과장된 익살스러운 표정으로 웃어주는 거였다. 우리는 함께 이 어려운 시간을 이겨내고 있으며, 조금 황당한 아침을 맞고 있을 뿐이라고 아이가 느끼게 해주고 싶었다. 아이가 힘을 얻고 이 상황을 대수롭지 않게 넘길 수 있기를 바라는 마음에서 나온 행동이었다.

끝이 없을 것 같던 눈길을 열심히 걷다 보니 학교에 도착할 수 있었다. 이미 등교 시간에는 늦어버렸지만, 그날은 학교 선생님들도 출근을 못 하고 있을 날씨였기에, 누구든 학교에 늦어도 이해되는 너그러운 하루가 흘러가고 있었다. 다행히 학교가 끝날 즈음에는 도로가 정비되고 따뜻한 햇살도 나와 눈이 많이 녹아내렸다. 이내 학교의 아이들은 여느 보통의 날처럼 자전거를 타고 유유히 집으로 돌아갈 수 있었다.

그날의 황당하고 어려웠던 경험이 두고두고 잊히지 않는지, 늦은 저녁이나 밤에 눈이 조금이라도 많이 내리는 날이면 아이들은 자전거를 타고 학교에 갈 일을 걱정하게 되었다. 휴일이라면 마음껏 눈이 내리는 풍경을 즐기고 눈놀이를 할 생각에 즐거워하겠지만, 그 눈 속의 자전거 대란을 겪은 후부터 이 동네 아이들은 밤새 내린 눈이 쌓이면 자전거를 타고 등교하는 일이 인생의 시련이 될 수도 있다는 것을 알게 됐다. 따라서 내리는 눈을 보는 마음이 예전처럼 그저 즐겁지는 않게 된 것이다. 쌓이는 눈을 보고 그저 순수하게 즐거워할

눈, 자전거, 소중한 사람

수 있는 건, 그 눈으로 인한 어려움이나 시련을 겪어보기 전의 일이 된 듯하다.

사실 나도 그 겨울 눈길 속 자전거 대란을 겪은 후로는 눈이 오는 평일 아침이면 걱정이 앞선다. 아이들이 자전거를 타고 혼자 학교에 가는 나라에 살다 보니 이런 걱정도 하며 살게 되었다. 차가 다니는 길은 눈이 오면 제설작업을 하고, 폭풍이 오면 나뭇가지나 잔여물들을 청소하는 작업을 한다. 하지만 자전거길은 차가 다닐 수 없는 길이 대부분이어서, 제때 손을 쓰지 못하고 위험한 상태로 오랜 시간 방치되기도 한다. 자전거를 내 인생에 이렇게나 가까이 들여놓고 살 줄은 몰랐지만, 이제는 어떤 궂은 날씨에도 상관없이 늘 자전거를 타고 다닐 소중한 누군가를 떠올리고 걱정하며 살게 되었다. 다가올 겨울에는 눈이 그저 잔잔히 내려주기를 바랄 뿐이다. 밤새 소박하게 내려, 누군가의 마음에 아름다운 경치로 남을 정도로만 남으면 좋겠다고, 눈과 자전거 그리고 소중한 누군가를 생각하며 바라게 된다.

여행이 끝나자
삶이 시작되었다

초판인쇄 2025년 9월 30일
초판발행 2025년 9월 30일

지은이 연하어
발행인 채종준

출판총괄 박능원
책임편집 조지원
디자인 최가은
마케팅 문선영
전자책 정담자리
국제업무 채보라

브랜드 크루
주소 경기도 파주시 회동길 230 (문발동)
투고문의 ksibook1@kstudy.com

발행처 한국학술정보(주)
출판신고 2003년 9월 25일 제406-2003-000012호
인쇄 북토리

ISBN 979-11-7457-181-6 03810